To _____

너의 마음을 설명하지 않아도
내가 알아줄게

From _____

사축일기

ⓒ 강백수, 2015

초판 1쇄 발행일 2015년 11월 1일
초판 4쇄 발행일 2016년 1월 8일

지은이   강백수(강민구)
펴낸이   정은영

기획편집   고은주 임채혁
디자인   송민재
일러스트   손호용

펴낸곳   꿈지락
출판등록   2001년 11월 28일 제313-2001-259호
주 소   04083 서울특별시 마포구 성지길 54
전 화   편집부 (02)324-2347 경영지원부 (02)325-6047
팩 스   편집부 (02)324-2348 경영지원부 (02)2654-7696
이메일   spacenote@jamobook.com
페이스북   facebook.com/plzdonotfeed

ISBN 978-89-544-3191-0 (03810)

· 꿈지락은 "마음을 움직이는(感) 즐거운(樂) 지식을 담는(知)"
  (주)자음과모음의 실용에세이 브랜드입니다.

사축일기

강백수 지음

꿈지락

안아주고 싶은
마음을 담아

스물네 살 겨울 어느 날, 너무 술을 많이 마셔서 외투도 벗
지 못하고 잠이 들었다가 이른 새벽에 깼을 때 나는 실소를
금할 수 없었다. 외투 주머니에 아몬드와 마른 오징어, 나초
몇 개가 들어 있었던 것이다. 주머니에 안주를 넣어온 것은
그때가 처음이자 마지막이었지만, 요즘도 습관처럼 술자리
에 갈 때마다 주머니에 넣어오는 것들이 있다. 나처럼 취한
친구들이 주저리주저리 늘어놓는 생활에 대한 푸념이라든

가, 누구에 대한 욕이라든가, 일상에서 생기는 권태에 대한 이야기 같은 것들.

　글을 쓰고 노래를 지어 부른다. 이제 겨우 서른 해 남짓 살았기에 내가 할 수 있는 말은 많지가 않다. 책 한 권, 정규앨범 한 장 내고 나니 그런 것들은 거의 소진되어버리고 이제 다른 사람들의 이야기를 주워다 써야 하는 형편이 되었다. 그것들을 읽고 들어줄 이들은 대부분 해가 뜨면 출근이 두렵고 해가 지면 퇴근이 그리운 평범한 사람들. 그렇기에 나는 술에 취한 와중에도 그들이 하는 말의 편린이나마 주워다 호주머니에 구겨넣고 돌아오려 애쓰는 것이다. 그러나 수집된 모든 이야기가 시가 되고 노래가 되는 것은 아니다.
　시도, 에세이도, 노래도 되지 못한 채 그대로 주머니에 넣어둔 흔하지만 생생한 이야기들. 그냥 그렇게 두기에는 아까워서 예쁘게 펼쳐서 전시를 해보기로 마음먹었다. 직장생활이라고는 겨우 일 년 남짓 해보았고 지금은 그것과 동떨어져 살고 있는 내가 할 수 있는 건 창작이라기보다 큐레이팅에 가까웠다. 구해다놓고, 보여주고, 설명하는 그런 일들 말이다.

이 책에 가득 담긴 해결책 없는 갑갑한 이야기들은 모두 나의 친구들, 그리고 당신들로부터 왔다. 안아주고 싶은 많은 인물들이 당신들을 많이 닮았길 바란다. 정말로, 당신들을 안아주고 싶은 마음으로 하나하나 펼쳤다.

그들의 삶을 마음껏 표절하도록 합의해준 많은 친구들의 이름을 모두 밝히고 고마움을 표현하고 싶지만 그것이 행여 그들의 직장생활에 불편함을 초래할까 염려하는 마음으로 생략하기로 하고, 대신 맛있는 안주와 소주를 대접할 것이다. 월급날이 없는 내게 번번이 그들이 해준 것처럼 말이다.

모든 이들의 지긋지긋한 직장생활에 가끔씩이나마 청량하고 촉촉한 일들이 있어주면 좋겠다. 이 책이 독자분들께 그런 것이 되었으면 좋겠고, 특히 첫 독자인 출판사 꼼지락의 고은주 차장에게 그랬으면 좋겠다. 하나 더 바란다면, 이 책이 유성호 교수님을 비롯한 나의 스승들을 부끄럽게 만들지 않았으면 좋겠다는 것. 그거면 되지 않을까 싶다.

contents

우리 회사의 7대 불가사의

1 월급이 적을수록 업무량이 많다.

2 일을 빨리하면 퇴근이 늦어진다.

3 일을 못하면 회사 생활이 편하다.

4 일을 너무 잘하면 욕을 먹는다.

5 그 높은 경쟁률을 뚫고 쟤가 입사를 했다.

6 저 인간이 팀장이고

7 저 인간이 부장이다.

9호선

정장 재킷이 빳빳할 필요가 없다.
구두에서 광이 날 필요가 없다.
얼굴이 보송보송할 필요가 없다.
어차피 나는 매일 아침 일곱시 반의 9호선을 탄다.

때로는 안 만졌는데 변태 취급 당하기도 하고
때로는 안 만지고 싶은데 닿아서 변태 취급 당하기도 하고

그렇게 세탁기에 잔뜩 우겨 넣은 빨래처럼 엎치락뒤치락하며
회사에 도착하면
유리문에 비친 내 모습은
이게 출근하는 꼴인지
야근하다 퇴근하는 꼴인지.

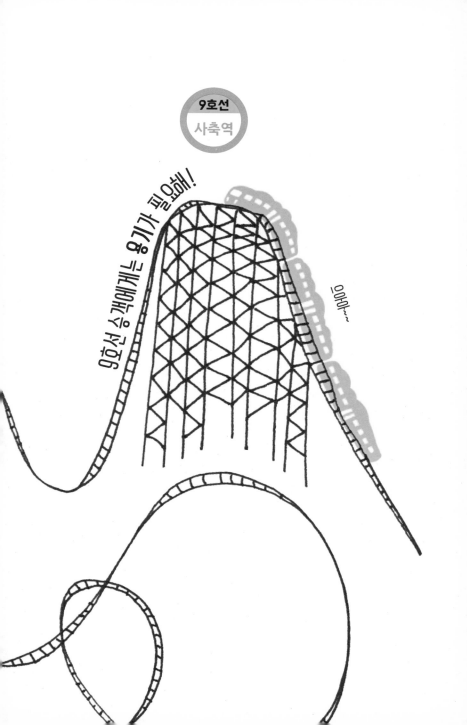

ZZZZZZ...

ZZzzzZZ...

zZz...

ZZ...

양보하고 싶다

퇴근길 버스에 앉아 졸다가 슬며시 눈을 떴는데
내 옆에 서 있는 할아버지를 보긴 봤는데
자리를 양보해드리고 싶은데, 일어서야 하는데
그래야 하는데
눈이
다시
감긴
다

"사지 멀쩡하면 양보 좀 하지
요즘 젊은 것들은 하여간 싸가지가 없어!"

소리가 들리는데
자꾸
눈이
감긴
다

Rock is dead

김 대리 이 인간을 어찌해야 하나.

"정환 씨, 지훈이 동아리 후배라면서?"
"한지훈 형이요?"
"그래! 걔랑 나랑 고등학교 동창이거든. 세상 좁네!
그 동아리 밴드 아니었나? 정환 씨 거기서 뭐했어? 노래했어?"
김 대리의 쓸데없는 이야기를 부장님이 듣고야 만 것이다.

"뭐? 밴드? 정환 씨가 이제 보니 가수였구만!"
"아니요, 그런 건 아니고 학교 다닐 때 취미로 조금….."
"이야~ 우리 가수 노래 한번 들어봐야지!"

이후로 나는 회식 때마다 고기집이건 횟집이건 가리지 않고
노래를 부르고 있다.
부장님의 기대 어린 눈빛이 너무 부담스럽다.
우리 동아리는 헤비메탈을 하는 동아리였다.
트로트 같은 거 전혀 부르지 않는단 말이야….

나는 로커라고!

무언가 하기 좋은 날씨는
머릿속에 떠오르는데…

좋은 **날씨**

커피 마시기 좋은 날씨
책 읽기 좋은 날씨
영화 보기 좋은 날씨
한잔하기 좋은 날씨
데이트하기 좋은 날씨
냉면 먹기 좋은 날씨
짬뽕 먹기 좋은 날씨
여행 가기 좋은 날씨
축구하기 좋은 날씨
잠 자기 좋은 날씨
는 머릿속에 떠오르는데

일하기 좋은 날씨는 도통 떠오르지 않네.

나는 **왜** 엄마한데 지랄일까…

도시락을 싸다가

사장한테 깨진 부장은 팀장한테 지랄이고
부장한테 깨진 팀장은 대리한테 지랄이고
팀장한테 깨진 대리는 나한테 지랄인데
대리한테 깨진 나는 왜 엄마한테 지랄일까

도시락통에 엄마가 보내주신 무말랭이를 담다가
어제 엄마 전화를 그따위로 받은
내가 너무 미워진다.

더 먹을 거야

배가 터질 것 같지만 더 먹을 거다.
별로 맛있지도 않지만 더 먹을 거다.
무조건 더 먹을 거다.

오늘이 어떤 주말인데,
일 년에 며칠 안 되는 완벽한 봄날
동기 녀석의 결혼식에 참석하러 버스를 타고
네 시간이나 달려왔다.

나의 주말과 5만 원씩이나 지불하고 먹는 뷔페다.
억울해서 무조건 더 먹을 거다.

눈치 게임

1! 2! 3! 4! 5!

3월이면 학교 앞 호프집에서
분위기를 타기 위해 즐겨 하던 눈치 게임
눈치를 잘 봐야 벌주를 안 먹는다.

부장! 차장! 과장! 대리! 사원!

매일 여섯시 반부터
퇴근 지옥철을 타기 위해 시작되는 눈치 게임
순서를 잘 지켜야 욕을 안 먹는다.

빼앗긴 들에도 봄은 오는가

등줄기에 식은땀이 흐른다.
대체 여길 어떻게 알아낸 거지?
당황한 눈동자는 어디를 향해야 할지 모르고 헤맨다.
뇌가 렉이라도 걸린 듯 멈춘다.
한숨이 나온다.
떨리는 손이 전화기 액정을 향하다가
다시 멈춘다.
지나온 삶을 돌이켜본다.
그리고 앞으로의 삶에 대해 생각해본다.
다시 용기를 내고
버튼을 누른다.
"수락"
이제는 돌이킬 수 없다.
이곳은 더 이상 나의 안식처가 될 수 없다.
불편한 마음을 숨긴 채 그에게 인사를 건넨다.

부장님이 페이스북을 시작하셨다.

맑은고딕 vs HY중고딕

인턴 생활 7개월 차, 이제야 내 업무를 조금씩 찾아서 하고 있음에 안도할 무렵, 여전히 남아 있는 가장 큰 난관이라면 서식, 서식, 서식! 김대윤 대리는 또 그놈의 서식으로 나를 괴롭히기 시작한다. 그는 맑은고딕체를 만든 사람과 정략결혼이라도 한 것일까, 다른 폰트는 절대 용납하지 않는다. 그렇다면 그냥 맑은고딕체로 기안서를 쓰지 그랬냐고? 일이 그렇게 심플하다면 나도 소원이 없겠다.

우리 부서에는 대리가 둘이다. 맑은고딕체 성애자 김대윤 대리, 그리고 그의 동기 노호연 대리. 둘 다 과장 승진이 임박해 있는 상태여서 그들 사이의 경쟁 구도는 눈으로 보이지 않을 뿐이지 모두가 알고 있는 사실이다. 사실 내 첫 멘토는 노호연 대리였고, 그가 작업한 문서는 모두 HY중고딕으로 작성되어 있었다. "대리님, 같은 폰트로 작성하면 됩니까?"라는 질문에 그는 그러라고 했고, 그 이후 나도 모든 서류를 HY중고딕으로 작성하게 되었다.

어느 날 내 보고서를 받은 김대윤 대리의 얼굴이 일그러졌다. "야, 이거 폰트 뭐냐?" "HY중고딕입니다." "아니 그러니까 왜 이걸 썼냐고, 내 책상에 이딴 폰트 붙어 있는 거 본 적 있어?" "아니 저는 노호연 대리님께서 이걸로 하면 된다고 하셔서…." "내가 노호연이야? 너 노호연이랑만 일해? 응?!"

나 참, 어이가 없어서. 자, 보자. 이게 맑은고딕이고 이게 HY중고딕이다. 이걸 구분해내는 것도 기가 막히고, 다르게 썼다고 저 지랄을 해대는 것도 기가 막힌다. 무슨 변태 새끼들도 아니고.

어쨌거나 우리 가련한 열 명의 인턴들은 오늘도 두 대리의 눈치를 보며 맑은고딕과 HY중고딕 사이를 황망히 헤맨다. 1, 2년 후에 과연 맑은고딕과 HY중고딕 중 어떤 폰트가 살아남아 이 부서를 지배하게 될 것인가. 다음 과장은 김대윤인가 노호연인가. 우리들 중 일곱 명은 그 결과를 보지도 못한 채 5개월 뒤 쫓겨난다.

그들만 모른다, 우리가 아는 것을

그녀가 화장실 갈 때마다 그는 담배를 피우러 가는데
점심 시간마다 둘만 약속있다며 따로 밥 먹으러 가는데
두 사람 휴대폰 진동이 번갈아 울리는데
그의 말버릇을 어느샌가 그녀도 똑같이 따라 하는데

며칠 전 회식 날 그가 계속 그녀를 힐끔거리는데
그러다 슬쩍 숙취해소제 건네는 걸 봤는데
다음 날 둘만 옷이 그대로인데
어떻게 모르겠어

조만간 또 **청첩장**을 하나 받겠네.

게임을 하다가

비싼 칼
비싼 갑옷
비싼 액세서리

내 옷은 비싼 걸 사봐야
입고 나가 놀 시간이 없고 기운도 없고
너라도 좋은 걸 입고 다녀라.

학생들은 누리지 못하는 캐시템의 혜택.

직장인이 그나마 이런 **메리트**라도 있어야지.

아바타,
너라도 좋은 걸
입고 다니렴

예능 보면서 드는 생각

1박 2일, 무한도전, 삼시세끼….

연예인들은 좋겠다.
여행가고 맛있는 거 먹고 돈 벌고.

내일은 또 월요일이다.

천하무적

"좋은 아침입니다!"
지난 주말 내내 우리 팀은
저자가 싼 똥을 치우느라 눈코 뜰 새 없이 바빴다.
나는 소개팅을, 김 대리님은 데이트를
부장님은 따님과의 놀이공원 약속을 취소했다.
그럼에도 불구하고 누구도 저자를 나무라지 않는다.
누구도 저자에게 책임을 묻지 않는다.
단지 저자의 아침 인사에 웃는 얼굴로 화답할 뿐이다.

별을 먹은 슈퍼마리오처럼 종횡무진,
천하무적 저자는 바로 **사장님의 아들**이다.

색칠공부

내가 화장실을 몇 번 들락거리는지까지 체크하던
마녀 같은 조 팀장도 사람은 사람인가보다.
글자에 장난을 다 치고.
하긴, 회의하고 있기엔 아까운 날씨니까.

카톡 지옥

 부장님

> (꽃 사진)
>
> 다들 즐거운 주말 보내고 있나?
> 집 앞 화단에 이런 꽃이 피었네.

오전 8:03

 부장님

> (산 정상에서 찍은 사진)
>
> 오늘은 북한산에 올랐다네. 내 나이에 산에 오르기가 만
> 만한 일이 아니지만 이렇게 오르고 나면 참, 사람이 하지
> 못할 일이 어디 있겠나 싶다네. 요즘 다들 체력적으로 힘
> 들어 보이던데 조만간 다 같이 산이나 한번 타지.

오전 11:28

 부장님

> http (인터넷 기사 링크)
>
> ○○그룹이 우리 분야에 진출한다는 이야기가 있는 모양
> 이야. 우리 쪽에서도 분발해야 할 것 같은데 우리는 시장
> 에서 경쟁기업과 비교했을 때 어떤 차별성을 갖고 있을까.

오후 3:11

부장님

> (명언 링크)
>
> 카네기가 했다는 말일세. 다들 가슴에 새겼으면 하네.

오전 4:03

지옥문이 열린 건 지난 주 쯤이었다. 업무 효율 증대를 위해 부서 단체 카톡방이 생긴 것이다. 처음에는 문서도 공유하고 업무 상황도 보고하고 잠시 편했지만, 언젠가부터 이곳은 부장님의 블로그가 되었다.

부장님이 올리는 꽃 사진, 풍경 사진, 비즈니스 철학 등에 대해 최대한 성심성의껏 피드백을 하는 것이 업무에 추가된 것이다.

이 업무는 퇴근 후나 주말, 명절, 국경일 등과 상관없이 무작위로 발생하며 이를 소홀히 했을 시 가시적인 불이익은 없다고 할 수 있겠으나 '부장님의 서운함'이라는 대재앙을 야기할 수도 있기에 우리는 항상 긴장의 끈을 붙잡고 있어야 한다.

그리 알아요

지난 주말
여자친구와 싸웠다.
오랜만에 데이트를 하면서 그녀의 이야기에 집중하지 못했다.
새로 맡게 된 프로젝트에 대한 생각이
주말 내내 머릿속을 떠나지 않았다.
그녀가 울었다. 그렇게 일이 좋으면 일이나 하지 왜 나왔냐고.
그녀가 가고, 나는 그 자리에 앉아서
일을 했다.

그리고 방금 과장님이 오셔서 내게 말씀했다.
"정환 씨, 그 프로젝트 그냥 진행하지 않기로 했어요.
오늘부터 김 대리 서포트해요.
윗선에서 내린 결정이니 그리 알아요."

여자친구는 아직도 카톡 답이 없는데
나는 그냥 그리 알면 되는 것이다.

우짜란 말이고

가시나야, 솔직히 말해보자. 내가 직장 없이 논다고 했어도
네가 나랑 소개팅했을까? 너 만날 때마다 좋은 거 먹이고
좋은 거 사주고 안 했어도 네가 날 사랑했을까?
회사 안 다녔으면 그럴 수 있었을까?

그런데 이제 와서
일밖에 모르는 남자는 싫다고
헤어지자고.

열심히 일하면 나도 좋아할 줄 알았어

인턴들의 혈액형은 모두 A형이다

아까 한 말을 대리님이 언짢아하신 것 같고
비품 하나 빌리러 갈 때도 조마조마하고
사수의 한숨 하나하나가 나로 인한 것이 아닐까 겁나고
내 이름만 불려도 혹시 뭘 잘못한 걸까 싶고
심지어 복사기가 평소와 미묘하게 다른 소리만 내도
무슨 실수라도 한 것이 아닐까 걱정이 된다.

원래 난 O형인데
친구들 앞에서 까불대고
남들 앞에 나서길 좋아하는데

이 회사 인턴이 된 날 이후로
한없이 쪼그라들고
한없이 소심해졌다.
A형이 되어버렸다.

진로 특강

모교 교수님께서 전화를 주셨다.

학과 후배들에게 진로 특강을 해줄 수 있겠느냐고. 강의실에 들어가니 우리 회사에 들어오고 싶어 하는, 아니 정확히 말하면 우리 회사라도 들어오고 싶어 하는 후배들이 초롱초롱한 눈을 하고 있었다. 나의 궁상맞던 취업 준비는 어느 새 영웅담이 되었고, 우리 회사는 그들의 이상향이 되어가고 있었다. "여러분, 그렇게 회사생활이 즐겁지만은 않아요"라고 아무리 설명을 해도 녀석들은 연신 "우와~" 해대고.

사실 이러네 저러네 얘기는 했지만 나도 잘 몰라 우리 회사가 어떤 회사인지. 난 아직 입사한 지 얼마 안 된 사원일 뿐인걸. 어제의 특강을 위해 연차를 쓰려고 내가 얼마나 전전긍긍했는지, 그리고 오늘 출근해서는 얼마나 사소한 이유로 대리에게 깨졌는지 후배들은 모른다. 특강이 끝나고 몇몇 후배들에게 술을 사면서 얼마나 그 돈이 아까웠는지, 사실 나도 양주는 비싸서 잘 안 먹는다는 것도 녀석들이 알 리가 없다. 사실은 그냥 계속 몰랐으면 좋겠다.

신개념 리더십

리더의 자질 중 가장 중요한 것은
팀을 얼마나 단합시키는가가 아닐까.
새로 부임한 무능한 최 팀장은
그런 면을 생각해보면
어쩌면 굉장히 유능한 사람이 아닐까 싶다.
그를 제외한 모든 팀원이 그의 무능함을 씹다가
대동단결하게 되었다.

이것을 의도했다면 그는 어쩌면 천재!

"내가 **왜 이걸** 쓰고 있을까…"

		시간		일정			
				1박 2일 여행안			
						2015. 11. 1. 김정환	
				일정			
		시간		내용			
	1	오전 6:00~		기상 후 준비			
	2	오전 7:00~		여행지 출발			
	3	오전 9:00~		여행지 도착. 짐 풀고, 간단한 아침 식사			

뼛속까지 직장인

주말에 여자친구랑 여행을 가기로 했습니다.
맛집을 검색하고, 숙소를 검색하고, 관광지를 검색하다가
나도 모르게 엑셀을 열었습니다.
연 김에 예산안과 스케줄 표를 만들고 나니
뿌듯하기는 한데 이 알 수 없는 쓸쓸함은 무엇일까요?

메르스 MERS

"선생님, 제가 이상하게 입맛이 없구요
열도 좀 나는 것 같고 몸도 쑤시구요
기운도 없고 우울하고 소화도 안됩니다."

"MERS입니다."

"메르스요?"

"Monday, Everybody wants to Return to Saturday.
 주말이 되면 다시 나을 겁니다."

필수 스펙

"영어는 **기본**이고 중국어는 **필수**다!"

그래서 토익에 토익스피킹에
HSK 점수까지 따왔건만
외국인 바이어는 언제 만나는 건데?
해외 출장은 언제 가는 건데?
언제까지 거래처 부장님이랑 앉아서
폭탄주만 말고 있어야 하는 건데?

롤모델

야근보다
박봉보다
주말 근무보다
회식보다
접대보다
더 회사에 다니기 싫은 순간은

이 회사에는 도저히
'저렇게 되고 싶다'라는 생각이 들 만한
사람이 없다는 걸
문득 깨달을 때.

자식 자랑

어머니가 어느 날 말씀하셨다.
내가 입사를 하던 날
아버지는 그렇게 동네방네 자랑을 하셨다고
아직도 친구분들과 술 한잔하실 때면
그렇게 내 자랑을 하신다고.

아버지, 오늘도 자랑스런 당신의 아들은
보고서 양식 하나를 못 맞춰서
이렇게 팀장한테 깨지고 있답니다.

이번 달 매출 목표를
달성하지 못한 이유

김 부장의 사정

이번 달 매출 목표를 달성하지 못한 이유
요즘 것들이 해이해서
평일 회식을 두시까지 달려야 하는 이유
요즘 것들이 해이해서
오늘 사장실에서 깨지고 돌아온 이유
요즘 것들이 해이해서
그리고 그 다음날 신입사원이 화장실에서 토를 한 이유
요즘 것들이 해이해서
화장실에 휴지가 채워져 있지 않은 이유
요즘 것들이 해이해서
커피믹스가 떨어진 이유
요즘 것들이 해이해서
복사기가 고장난 이유
요즘 것들이 해이해서
해가 동쪽에서 떠서 서쪽으로 지고 달이 지구 주위를 돌고
지구가 태양 주위를 돌고 물가는 오르고 월급은 안 오르고
출퇴근길 강변북로는 늘 막히는 이유
요즘 것들이 해이해서

사원과 바다

어부 산티아고는 바다에 나간 지 30일째 되던 날 '급여일'에
도착했다. 그날 오후 그는 낚시를 쳤고 마침내 '급여'라는
이름의 청새치 한 마리를 만나게 된다.
녀석을 잡는 일은 사투에 가까웠다.
그는 끝내 싸움에서 승리하고 녀석을 보트에 매달았다.
여자친구와의 데이트, 부모님 선물, 갖고 싶었던
플레이스테이션을 상상하며 집으로 향했다.
그러나 그의 보트에 달린 급여를 상어 떼들이 노리고 있었다.

어느 밤, 상어 떼들이 그의 급여를 습격했다.

집 주인 아줌마가 방세 50만 원
전기세 수도세 가스비 10만 원
관리비 5만 원
한국장학재단에서 학자금 대출금 25만 원
통신사에서 휴대폰 요금 10만 원
헬스장에서 운동비 10만 원
은행에서 후불교통카드 10만 원
큰맘 먹고 산 노트북 할부금 10만 원

앙상해진 급여와 함께 집에 돌아왔지만
누구도 그가 얼마만큼의 급여를 잡았는지 알지 못했다.
통장에만 작은 흔적이 남았을 뿐이었다.

그는 깊은 잠에 들었다.

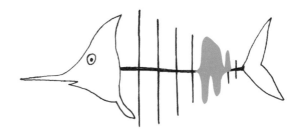

심청전

배가 인당수에 도착하고 심청은 뱃머리에 올랐어요.
뛰어내리려니 무섭기도 하고 지나간 삶이 아쉽기도 했어요.
심청은 잠시 생각했어요.
'공양미 300석, 그냥 일해서 갚을까….'

300석은 600가마니. 한 가마니에 80kg. 총 48,000kg.
요즘 이천쌀 10kg에 3만 원.

에라이, 이런 인생

공양미 300석 가격은 1억4400만 원.
1억4400만 원이 원금인데, 심지어 사채빚이에요.
버는 것보다 이자 붙는 게 빨라요.

심청은 더 이상 망설이지 않고
인당수에 몸을 던졌답니다.

호랑이와 곰

인턴 기간 만료를 얼마 남기지 않고 호랑이는 말했어요.
"빌어먹을, 더는 못해먹겠어. 언제까지 겨우 이런 걸
받아먹으면서 견디라는 거야! 난 나가야겠어.
그래, 차라리 대학원에 진학하겠어!"
같은 인턴인 곰의 생각은 조금 달랐어요.
"하지만 지금까지 버틴 게 아깝지 않아?
난 조금 더 견뎌볼 거야."
그런 곰을 비웃으며
호랑이는 결국 굴을 떠나버렸어요.

그렇게 약속된 기간이 지나고 환웅 사장님이 나타났어요.
"그래요, 그동안 수고했어요. 곰 인턴.
이제 이 경험을 살려 원하는 좋은 곳에 취업하길 바랄게요.
응원합니다! 파이팅!"

"네? 사장님, 정직원 프로모션은요?"

"100일간 쑥과 마늘을 먹으며 버티면 정직원 프로모션의
'기회를 준다'고 했지, 정직원 프로모션을 '시켜준다'고는
안 했는데요? 곰 인턴은 어디서든 잘할 수 있을거라 믿어요.
파이팅!"

그렇게 곰은 다시 백수가 되었어요.
아마 다른 곳에서 처음부터 마늘과 쑥을 먹기 시작할 거예요.
네? 호랑이요? 물론 대학원생이 되었지요.
그러나 부러워할 필요는 없어요.
2년 뒤엔 호랑이도 다시 마늘과 쑥을 먹어야 하거든요.

회사의 약속보다는 너 자신을 믿어라

어린왕자와 신입사원의 별

"거기서 뭘하고 있나요?"

어린왕자가 신입사원에게 말했어요.

신입사원은 서류 한 무더기와 유에스비가 꽂힌 컴퓨터를

앞에 놓고 말 없이 앉아 있었어요.

"회사에서 일을 하고 있지."

신입사원이 침울한 표정으로 대답했어요.

"일을 왜 하나요?"

"대출금을 갚기 위해서야."

어린왕자는 어쩐지 측은한 생각이 들어서 물었어요.

"왜 대출을 했나요?"

신입사원이 고개를 떨어뜨리며 고백했어요.

"대학교 학비가 부족했기 때문이야."

"왜 대학을 나왔는데요?"

어린왕자는 그를 도와주고 싶었어요.

"회사에서 일을 하기 위해서야!"

신입사원은 말을 끝내고 입을 꼭 다물어버렸어요.

어린왕자는 당황해서 그 별을 떠났어요.

어떡하지

나도 캠퍼스커플이란 걸 해봤다.
행복했던 시절이 지나고 그녀와 헤어지자마자
군대로 도망갔다.

내가 돌아왔을 때 그녀는 졸업을 했다.

군 휴학도, 졸업도 없는 회사에서 사랑을 한다는 건
사랑하는 그녀와 일까지 같이하며 두 배로 싸우며
사랑을 하다가 헤어진다는 건 누가 봐도 미련한 짓.

그런데 자꾸 은혜 씨가
예뻐 보이면 어떡하냔 말이다.

은혜 씨 구출작전

부장은 또
"허허, 은혜 씨는 아주 남자들 잘 홀리게 생겼어.
눈빛이 야릇하다니까! 허허! 한잔 받지!"와 같은 개소리를
해대고 그 옆에서 수도 없이 억지 술을 받아먹은 그녀는
몸조차 못 가누고

"이거 너무 심하잖아!
은혜 씨 뭐하고 있어요! 나갑시다!"

하며 거칠게 그녀의 손을 잡고 자리를 박차는 상상만 한다.
차장이 따라주는 술을 받아 마시며
귀만 부장님과 은혜 씨의 테이블을 향한다.

이런 신발

구두는 두 켤레
운동화는 다섯 켤레

두 켤레 구두는 일주일에 닷새를 신고
다섯 켤레 운동화는 일주일에 이틀밖에 못 신는다.

이런 신발.

복사기**님**

"저 없는 동안 바쁘셨죠? 죄송합니다!"
"아니야, 무리 없었어. 휴가는 재밌게 보냈고?"
"네, 덕분에요."
"그래, 근데 혹시 복사기 좀 볼 줄 알아?"
"복사기요?"
"응, 아까부터 저게 먹통이라 다들 업무를 못 보고 있어.
사람은 불러놨는데 오는 데 좀 걸릴 것 같다네."

복사기 업체 직원이 도착하기까지는 두 시간이 걸렸고
그동안 우리 부서의 업무는 큰 지장을 받았다.
내가 없는 일주일 동안은
아무 문제 없이 잘 돌아가던 업무가 말이다.

나보다는 복사기가 일을 잘한다.

너의 **능력**을
복사받고 싶다

"너로 보이는 거야나"

어린왕자와 여우

"입사한다는게 뭐지?"
어린 왕자가 물었다.
"그건 관계를 만든다는 뜻이야."
면접관 여우가 답했다.
"관계를 만든다고?"
"그래."
여우가 말했다.
"넌 아직 나에겐 수많은 다른 구직자들과 다를 바 없는 한
구직자에 지나지 않아. 그래서 난 너를 필요로 하지 않고,
여긴 너에겐 수많은 다른 기업과 똑같은 한 기업에
지나지 않아. 하지만 네가 입사하게 된다면 이곳은 너에게
오직 하나밖에 없는 직장이 될 거야."
"나도 소중하고 특별한 사원이 되는 거고?"
어린왕자가 묻자 여우가 대답했다.
"그럴 리가. 우리 회사에 들어오고 싶어 하는 애들은 넘쳐나.
자, 토익은 몇 점이지?"

이상적인 미래

"나 사원 때는 인마."
김영택 부장이 생각하는 이상적인 사원은 사원 시절의 김영택
김영택 부장이 생각하는 이상적인 대리는 대리 시절의 김영택
김영택 부장이 생각하는 이상적인 과장은 과장 시절의 김영택
김영택 부장이 생각하는 이상적인 차장은 차장 시절의 김영택

그런데 김영택 부장은 행복해 보이지 않아.

필사적으로 김영택 부장님이 생각하는 이상적인 사원이 되고
필사적으로 김영택 부장님이 생각하는 이상적인 대리를 지나
필사적으로 김영택 부장님이 생각하는 이상적인 과장을 거쳐
필사적으로 김영택 부장님이 생각하는 이상적인 차장이 되어도

나는 끽해야 김영택 부장 정도 되어 있겠지.

로
그
아
웃

지금은 목요일 저녁 열한시 반.
저는 두 시간 전에 퇴근을 했구요
내일은 월차를 썼습니다. 하하하!
지금은 여행 갈 짐을 싸고 있다가 택시를 타고
회사로 달려가는 중입니다.

방금 동기 녀석과 카톡으로 팀장을 씹다가 깨달았습니다.
제 컴퓨터에 카톡을 켜놓은 채로 퇴근을 했지 뭡니까.

당장 가서 로그아웃을 하지 않으면
제가 이 회사에서 로그아웃 될 판입니다.
하하하!

9회말 2아웃

야구는 9회말 2아웃부터
축구는 후반전 추가 시간부터
농구는 4쿼터 마지막 5분부터

마지막 순간까지 긴장의 끈을 놓지 마라.
끝날 때까지 끝난 게 아니다.

5시 50분, 퇴근 10분 전
김 대리가 **일**을 줬다.

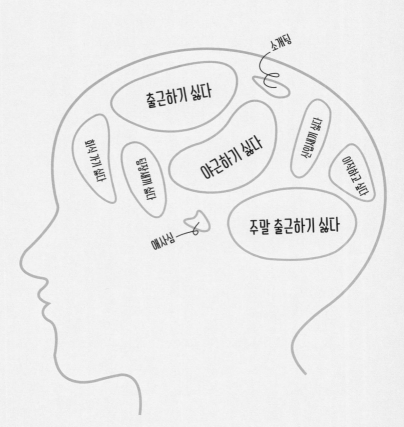

사축들의 뇌 구조 🧠

부장

- 은퇴 후에 대한 불안감 40%
- 퇴근 후의 적적함 30%
- 요즘 애들은 패기가 없어 20%
- 단합에는 역시 등산이지 10%
- 몸보신을 향한 욕망 9%
- 임원 승진을 향한 희망 1%

팀장

- 실적에 대한 부담감 40%
- 나는 졸라 훌륭한 리더다 20%
- 부장 일 못한다 15%
- 애들 일 못한다 15%
- 스카웃에 대한 막연한 기대 9%

2~5년 차

· 출근하기 싫다 20%

· 야근하기 싫다 20%

· 주말 출근하기 싫다 20%

· 회식 가기 싫다 9%

· 팀장새끼 싫다 10%

· 신입새끼 싫다 10%

· 이직하고 싶다 9%

· 소개팅 1%

· 애사심 1%

신입

네? 200%

회사에서 주로 나는 **무얼** 생각 하는가?

★★★ 자유롭게 그려보자 ★★★

나는

무슨 죄

후배 녀석은 드라마 주인공처럼 호기롭게 사직서를 꺼냈다.
사직서를 읽은 팀장의 얼굴을 보니 대충 내용은 짐작이 간다.

"그동안 감사했다고 말하기는 좀 민망하네요.
안녕히 계십쇼, 팀장님."
쿨하게 인사하고 떠나간 그의 뒷모습은 진정한 사나이

같기는 무슨.
갑자기 결원이 생기는 바람에 나만 죽어나고 있다, 이 자식아.

체온계

어제도 두시까지 접대를 했고
네 시간 반을 자고 일어났다. 그런데…

머리가 아프다. 얼굴이 뜨겁다.
체온계를 집어드는 마음은 너무나 간절하다.
암시를 건다.
나는 아프다. 나는 아프다. 나는 환자다. 지독한 몸살에 걸렸다.

'38.4도'

할렐루야!

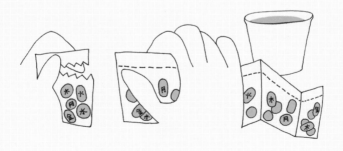

강제 다이어트

팀장은 입이 짧다.
야근을 하면서도 거의 저녁을 먹지 않는다.

나는 괜찮으니 먹고 와요,
늦어질 것 같으니 먼저들 먹어요,
김밥이라도 배달시킬까요,

따위의 말은 할 줄 모른다.
팀원들도 저녁을 못 먹는다.
살이 빠진다.

이제 슬슬 적응이 되는지 저녁을 안 먹어도 견딜 만하다.
신입은 배가 고파 죽겠나보다.
배고픈 신입이 더 가엾은지 아니면
거기에 적응한 내가 더 가엾은지.

거기도 누군가의 직장

"야, 은행이랑 병원은 왜 평일 낮에만 하냐?
업무 시간에 가기 힘들게."
"거기도 직장이잖아.
너라면 주말에 출근하고 싶겠냐?"

거리마다 사무실도 많고 관공서도 많고 가게도 많다.
다들 나같은 사람이다. 우리 모두 직장인이다.

다들 힘내라.

주말에는 모두가
행복하게 쉬자

까도 내가 깐다

거래처 사람이랑 맥주를 한잔하다가 내가 좀 편해졌는지
"그래도 김 대리님이랑 일할 때보다 훨씬 좋네요.
그분 은근히 사람 불편하게 하는 데가 있어요"라며
뒷담화의 포문을 연다.
"뭐, 가끔 그러시죠"라고 맞장구를 치니 신이 났는지
점점 수위가 올라가더니 이내
본격적으로 회사 험담을 하기 시작한다.

"담당자님은 신입이라 잘 모르시겠지만 저는 그래도
몇 년 같이 일해봤더니, 그쪽도 알려진 것보다는 조직문화도
그렇고 업무방식도 그렇고 좀 고리타분한 데가 있어요."

이상하게 빈정이 상해서 오늘은 이쯤 하자며
자리를 일찍 파했다.
김 대리도 싫고 회사 욕도 많이 하지만 남이 까면 짜증난다.
까도 내가 깔 거다!

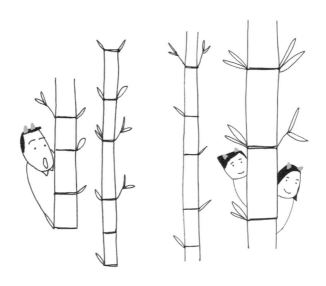

패션피플 잔혹사

"정환 씨, 오늘 타이 예쁘네요!"
상대를 칭찬할 때는 구체적으로 하는 것이 효율적이라 했던
가. 그런 면에서 동기 진경 씨는 아주 뛰어나다고 볼 수 있다.
새로 산 셔츠나 타이를 기가 막히게 알아보고 언급해주는 것
은 꽤 즐거운 일이다. 그녀 자신도 굉장히 패셔너블하다. 다
른 여사원들과의 차별성을 잃지 않으면서도 절대로 지나치
게 꾸미는 법이 없다. 그래서인지 동료들에게 패션에 관한
조언을 아끼지 않는 편이다.

처음에는 그녀가 하는 칭찬이 기뻤고 가끔씩 건네는 조언들
이 반가웠지만 어느 순간부터 짜증이 나기 시작했다. "그 셔
츠에 그 타이는 조금 미스인 것 같아요." "지금 피부톤에는
약간 톤다운된 수트를 입는 게 좋을 것 같아요." "향수 뭐 쓰
세요? 여자들 이런 향수 싫어하는데."

마누라도 아니고 사사건건 참견하는 게 아니꼽지만 딴에는
나랑 잘 지내려고 노력하는 것 같기도 해서 화도 못 내겠고.
아침에 옷을 입을 때마다 괜히 그녀가 한 말들이 신경쓰이고
출근하면서도 오늘은 어떤 부분을 지적받을까 겁나고. 젠장.

사랑의 트윈스

혼자 남아 야근을 하다가 머리를 식힐 겸 전화를 꺼내
잠시 엘지와 롯데의 야구 중계를 보고 있었다. 이어폰을 꽂고
박빙의 승부에 집중하느라 몰랐는데 언제 왔는지 팀장이
뒤에 서 있었다. '아, 또 신나게 까이겠구나' 하는 생각에
등줄기에 식은땀이 흐르는데 팀장이 묻는다.

"몇 대 몇이야?"
"3 대 3 동점입니다."
"자기는 엘지야? 롯데야?"
"전 엘지 좋아해요….."

갑자기 팀장의 얼굴이 밝아진다.

"나도 MBC 청룡 때부터 엘지야! 자기는 모르지?
MBC 청룡 때는"
"네 저는 1994년에 우승할 때부터…."

팀장은 한참 동안 1980년대 MBC 청룡 선수들의 이야기를
늘어놓았다.

"그런데 왜 퇴근 안 하고 있어?
나는 뭐 두고 간 게 있어서 돌아왔는데."
"아까 팀장님께서 이거 다 해놓으라고 하셔서….'
"됐어, 내일 해도 되는데 뭐. 나가서 맥주나 한잔하면서
야구나 볼까?"

내일 해도 될 일을 남아서 하게 만든 팀장에게 화를 낼 뻔
했지만 어쨌거나 우리는 그 길로 사무실 앞 호프집에 가서
치킨을 뜯으며 맥주를 마셨고 야구는 엘지가 이겼다.
그날 이후 팀장의 아침 인사는 "어제 맡긴 거 다 했어?"에서
"어제 야구 봤어?"로 바뀌었고, 내게는 귀찮은 업무가 조금
덜 오게 되었다.

"야구를 알면 편하다"

오타

사보를 읽다가 오타를 발견했다.
사보는 외주 대행사에서 나온다.
거기서 또 누군가 깨지고 있겠구나.

힘내라 인마.

공범

오늘도 왕창 깨졌다.
팀장이 시킨 일을 기한 내에 다 못했다.
나는 무리라고 했고 팀장은 할 수 있을 거라고 했다.
기한을 못 맞춘 건 내 잘못이다.

내가 무능한 것이라면
무능한 내게 기한 내에 못할 일을 준 건 팀장 잘못이다.
무능한 내가 이 팀에서 일하는 게 잘못이라면 그것은
나를 이 팀에 배치한 인사팀 잘못이다.
어쨌거나 기한을 못 맞춘 건 내 잘못이다.
같이 잘못했는데 나만 깨진다.

자랑

이 대리의 한 달 용돈은
후불 교통카드 요금을 제외하고 30만 원.
그의 부인이 추가로 지원해주는 돈은 경조사 축의금 정도.
이번에 회사 워크숍 노래자랑에서 우승한 그는
상금 30만 원을 벌었다.
평소에 갖고 싶었던 스피커를 샀고
와이프에게는 상금이 아니라 상품을 받았다고
거짓말을 했다며 자랑을 한다.
그깟 스피커, 그의 한 달 월급으로 열 개는 살 수 있을 텐데
신나서 자랑을 하는 그가 안쓰럽다고 해야 하나
귀엽다고 해야 하나.

사람 사는게 다 그렇지 뭐.

한마디

야근을 시키는데도
주말 출근을 시키는데도
기획안을 집어 던지는데도
등산을 가자고 하는데도
약속 있는 날 회식을 잡는데도
자기가 잘못해놓고 나한테 짜증을 내는데도
후배들 보는 앞에서 갈구는데도

"그래도 수고했다"
"그만하면 잘했다."
"애쓰고 있는 것 안다"

가끔 보내주는 문자에 눈물이 핑 도는 나는 진짜 바보 같은 놈.

영양제
말구요

점심시간에 식사를 포기하고 엎드려 자는 나를 보고
안쓰러웠는지 부장님이 영양제를 건넨다.

"야근도 많고 술도 자주 먹는 우리 같은 사람은
간이 튼튼해야 돼 간이. 이거 한 통 먹어봐. 괜찮아."

부장님, 회식을 안 하면 됩니다.

어제 마신 술이 아직도 안 깬다.

"아이고 힘들다"

통화 괜찮아?

금요일,
이태원,
제일 친한 친구들.
넥타이를 풀어 헤치고 첫 잔을 부딪힌다.
짠!

그 순간
'까똑'
팀장의 메시지.
'정환 씨, 지금 통화 괜찮아?'

여러가지 생각이 스친다.
아까 낸 보고서? 주말 근무? 복귀 요청?

자, 이 순간 휴대폰을 못 본 척해야 하나
아니면 전화를 걸어야 하나

당신의 선택은?

못 본 **척**해야 하나
전화를 **걸어야** 하나

지금 행복할래?
미래에 행복할래?

개미 VS 베짱이

뭐가 맞는지

동기 A가 동기 B를 흉본다.
"야, 쟤 봐라. 한 달에 50 남기고 다 적금 붓는데.
저게 사는 거냐? 적금 넣는다고 술 한번을 안 사잖냐.
구두는 저거 하나인가? 젊어서 좀 즐기는 거지 나이 들어서
돈이 다 무슨 소용이라고."

동기 B가 동기 A를 흉본다.
"우리 나이에 중형차가 가당키나 하냐? 쟤 입사해서 4년 동안
얼마 모았다는지 알아? 천만 원도 못 모았단다. 늙어서
돈 없으면 서러워지는데 진짜 한심하지 않냐?"

글쎄, 나는 뭐가 맞는지 잘 모르겠다.

'가는 말이 고와야
오는 말이 곱다'에 대한 고찰

[표1] 가는 말과 오는 말의 관계: 사원 간의 경우

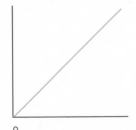

사원으로부터
오는 말의 고운 정도

사원으로부터
가는 말이 고운 정도

0

[표2] 가는 말과 오는 말의 관계: 거래처에 대한 요청의 경우

거래처 직원이 요청을
받아들이는 정도

거래처에 무언가를
요청하는 말의 정중함

0

[표3] 가는 말과 오는 말의 관계: 신입에게 업무를 지시하는 경우

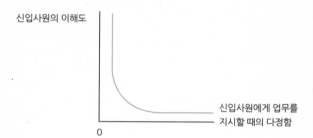

신입사원의 이해도

신입사원에게 업무를
지시할 때의 다정함

0

[표4] 가는 말과 오는 말의 관계: 부장이 개그를 친 경우

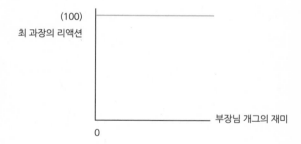

(100)
최 과장의 리액션

부장님 개그의 재미

0

[표5] 가는 말과 오는 말의 관계: 매출 보고서 제출 시

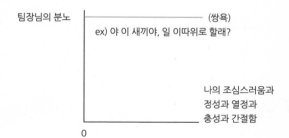

팀장님의 분노

(쌍욕)
ex) 야 이 새끼야, 일 이따위로 할래?

나의 조심스러움과
정성과 열정과
충성과 간절함

0

반성하는 액션

딴짓 안 하기.
점심시간에 밥 안 먹고 일하기.
야근하기.
안 웃기. 절대 안 웃기. 웃음이 나오려 해도
절대 안면 근육을 움직이지 않기.

2000만 원짜리 사고를 칠 뻔했다.
팀장님이 고군분투한 끝에 80만 원 정도로 막았지만
나는 안다.
지금 나는 아무 말도 하면 안 된다.
사과를 해도 안 된다.
뭘 특별히 잘하려 해도 안 된다.
무조건 조용히 짜져 있어야 한다.
이건 본능에 가깝다.

그런데
몇 주 전에 신청해놓은 휴가가 내일인데. 어떡하지.

워킹맘

– 죄송합니다, 애가 아파서.

– 아니 김 과장, 애 키우는 게 무슨 벼슬이라고 그렇게 위세를
  떨어대?

– 아니야 소은아… 엄마가 토요일에 꼭 우리 소은이 데리고
  맛있는 것도 먹고, 동물원도 갈게! 울지마 소은아… 미안해….

– 선생님. 죄송해요, 제가 퇴근이 조금 늦어져서…
  최대한 빨리 끝내고 데리러 갈게요, 죄송해요.

책상 위 작은 사진 속 여섯살 난 딸 아이는 해맑게 웃고 있고
옥상에 다녀온 그녀는 눈이 빨갛다.

슈퍼우먼은 없다!

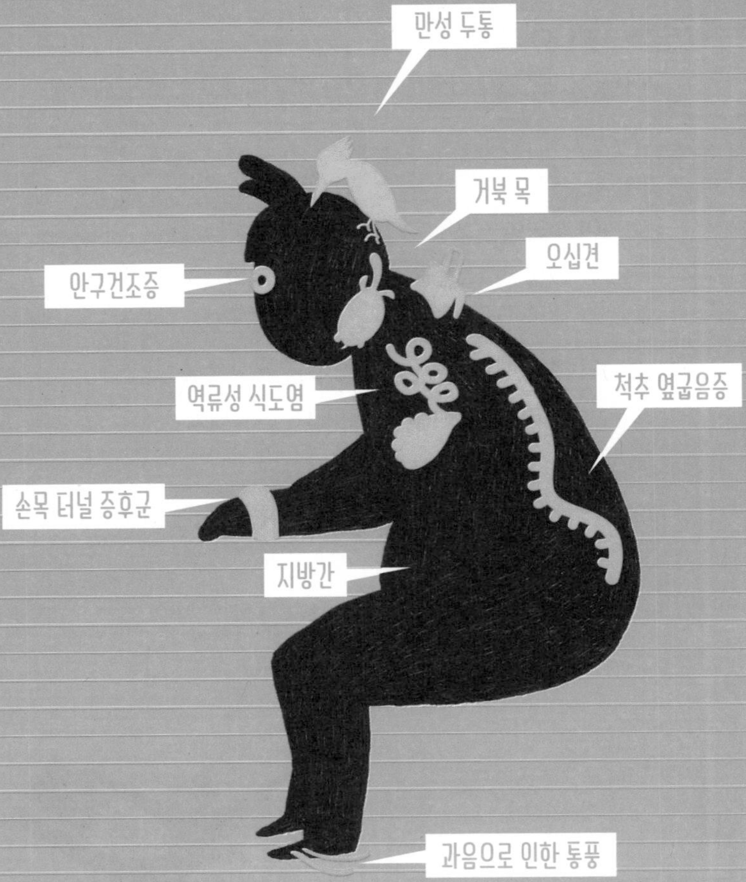
만성 두통
거북 목
오십견
안구건조증
역류성 식도염
척추 옆굽음증
손목 터널 증후군
지방간
과음으로 인한 통풍

인체의 신비 (직장인 ver)

머리는 만성두통

눈은 안구건조증

목은 거북 목

어깨는 오십견

가슴은 역류성 식도염

배는 지방간

손목은 손목 터널 증후군

허리는 척추 옆굽음증

발은 과음으로 인한 통풍

회사에서 병원 자유이용권은 안 끊어주나요….

살려주세요.

하면 **된다**

우리에게 감당할 수 없을 만큼의 업무를 지시하고는

하면 된다!
불가능은 없다!
노력은 배반하지 않는다!
모든 실패의 이유는 최선을 다하지 않았기 때문이다!

라고 말하던 김 부장님은
최선을 다했지만
이번 정기인사에서도 임원 승진에 실패했습니다.

정년이 다가옵니다.

주니어

나보다 한 살 많은 '주니어'.
대리로 입사해서 벌써 부장에 오른 그가 달고 사는 말은

"왜 안 돼요? 하면 되지 않나?"

그래 너는 할 때마다 다 됐겠지.
차기 대표님 만세. 금수저 만세.

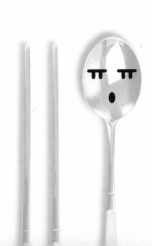

흙수저는 웁니다

우리의 소원은 통일

내일은 회사 창립 기념일.
누구는 집에서 애를 본다고 하고
누구는 술을 마실 거고
누구는 데이트를 할 거고
누구는 고향에 잠시 내려갔다 올 거고

나는 예비군.

겁이 나

'회사 때려치우고 저거나 해볼까'
리스트는 끊임없이 업데이트되고 있다.
오늘 안 사실, 그러한 이유로 바리스타 자격증을 딴 사람이
나 말고도 몇 명이나 더 있다는 것.
그런데 솔직히 겁이 나.
사람들은 내가 어떤 사람인지보다 내가 뭐하는 사람인지,
정확히 말하면 내가 어디 다니는 사람인지를 더 궁금해 해.
사실 나도 어디 가서 '어디어디 다니는 누구입니다' 라고밖에
자기 소개를 해본 적이 없지.
명함에서 회사 로고를 지우고
부서명을 지우고, 회사 주소와 전화번호를 지우고
내 이름 석 자와 휴대폰 번호만 덩그러니 남아버린다면
그때에도 나라는 인간이 여전히 가치 있는 인간일 수 있을까.
그게 겁이 나.

네고시에이터

계약직 사원들 중에 두 명을 정사원으로 발탁한다는 계획이 있다기에 지원을 했고, 운 좋게 합격을 했다. 아아, 취업 준비와 인턴과 계약직으로 얼룩진 길고도 험했던 오욕의 세월이 드디어 그 막을 내리는 것이다. 회사에서는 내게 연봉협상 스케줄을 통보했다.

연봉협상이라니, 멋져!

어두운 방 백열전구가 비추는 원탁 테이블에 두세 명의 사내가 앉아 시가를 문다.

"1억 어떻소?"

"겨우 그 정도 금액으로 이 몸을 사겠다고? 우습군.
그만 일어나봐야겠소."

"잠깐! 허허, 역시 듣던 대로 배포가 크군. 좋소.
내 몇 장 더 얹어드리리다."

"후후, 지금 이 순간, 최고의 선택으로 만들어드리리다."

"기대하겠소!"

거칠게 서로의 손을 맞잡고 악수를 하는 두 사내.

협상이라는 단어에 대해 갖고 있던 느낌은 이런 것이었는데, 나는 왜 이렇게 굽신대고 있는 것인가.

미팅룸에 들어가자 이사 한 명과 인사팀 대리 한 명이 앉아 기다리고 있었다.
이사가 말했다.
"자네가 이번에 합격한 친구인가?"
"네, 감사합니다."
"어떤 계기로 프로모션에 지원한 건가?"
저 새끼들보단 내가 잘할 것 같아서요, 라고 말하고 싶었지만, 애사심, 사명감 운운하며 취업 면접 때 했던 말을 거의 그대로 반복했다.
"보통 얼마 정도로 책정되는지 알지?"
"구체적으로는 모르고, 소문으로만 들어 알고 있습니다."
"우린 보통 이 정도야. 자네도 이 금액으로 알고 있으면 돼."

이사가 말한 액수가 내가 생각한 금액에 근접하기는 하였으나, 여기는 협상 테이블. 조금 더 달라고 할 수도 있지 않을까? 하며 10초 쯤 고민하는데, 인사팀 대리가 큼! 큼! 하며 헛기침을 한다. 이사가 안경을 만졌다. 아아, 내가 뭔가 잘못 생각하고 있었구나. 조건이 마음에 안들면 조정되고, 조정되지 못하면 결렬될 수도 있어야 협상이 아닌가. 나는 그럴 처지가 못된다.

이것은 애초에 협상이 아니라, 통보다.

"네, 감사합니다. 열심히 하겠습니다."

나의 회사 생활은 그렇게 진짜 시작을 맞았다.

협상
어떤 목적에 부합되는
결정을 하기 위하여
여럿이 서로 의논함

내 말이

"고객 맘을 이렇게 몰라서야 원. 거 사람들 만나서
얘기도 좀 듣고 그래요. 그렇게 꽉 막혀서 무슨 일을 하겠어."
그러니까 퇴근 좀 시켜주세요….

"정환 씨는 그런데 만나는 사람 없나?
슬슬 장가갈 나이 됐잖아? 허허, 한잔 받지!"
그러니까 집에 좀 보내주세요….

"아니 무슨 회사만 나오면 그렇게 꾸벅꾸벅 조나?
도대체 밤에 뭐하는 거야?"
그러니까 야근 좀 시키지 말아주세요….

커피 마니아

"형, 요새 퇴근하고 맨날 어딜 그렇게 급하게 가요.
통 맥주 한잔하기가 힘드네."
"나 사실 요새 뭐 배우러 다녀."
"뭐요?"
"커피. 혹시 아냐?"

형 말고도 바리스타 자격증을 딴 사람을 몇 명 더 봤다.
사실은 나도.
뭐 당장에 카페 같은 걸 차리겠다는 게 아니라
그럴 돈도 없고.
형 말대로 혹시나 해서.

왜 그렇게 커피를 좋아하냐고?
왜 그렇게 회사를 싫어하냐고 물어봤어야지.

천 원만

"미안한데 천 원짜리 하나 있어?"

박영진 대리가 또 천 원을 꿔갔다. 아니 삥 뜯어갔다.
휴대폰 메모장을 보니 이번 주에만 벌써 세번째, 총액 이천
오백원. 이게 뭐라고 찌질하게 적어두나 싶기도 하지만, 오
죽하면 이러겠나. 자판기에 갈 때마다 천 원씩, 오백 원씩 꿔
간 돈이 아마 몇 만 원은 될 거다.

박 대리는 "번번이 미안해. 내가 현금을 잘 안 가지고 다녀
서. 밥 살게!"라고 하고, 실제로 예전에 저녁도 한번 산 적이
있지만 그게 더 싫다. 친하지도 않은 남자 둘이 왜 식사를 해
야 하는가. 돈은 돈대로 뜯기고, 불편한 밥까지 먹느니 그냥
그깟 천 원 주고 말지 싶다가도 짜증은 치밀어 오르고.

아니 왜 한 이만 원을 천 원짜리로 바꿔다 서랍 안에 넣어둘
생각은 못하는 것인가.

예전에 회식에서 그는 마누라가 한 달에 용돈을 30만 원밖에
안 준다고 푸념을 한 적이 있다. 잠시 측은한 마음도 들었지만
그게 나랑 무슨 상관인가. 내가 지 마누라도 아니고. 칠백 원
짜리 음료수를 뽑아 먹고 그는 삼백 원을 주머니에 넣었다.
나는 그에게 플라스틱 컵을 내밀었다.
"박 대리님, 잔돈 여기에 모으세요."
박 대리는 나를 센스쟁이라고 칭찬했다.
얄미운 놈이 눈치까지 없다.

5년 전

5년 전 나의 장래 희망은
출근을 하는 것이었다.
지금 나의 장래 희망은
출근을 안 하는 것이다.

그가 울었다

우리 팀의 마지막 회식.
그가 울었다.

'멍부'야 말로 최악의 상사라 했던가.
멍청한데 **부**지런해서 많이도 욕을 먹었던 그가
일은 더럽게 못하는 주제에 갈구기만 했던 그가

월요일부터는 새로운 팀에서 각자 건승하자며,
그동안 고마웠다고

울었다.

마음이 **짠하네**···

사축으로서의 재능

대학 동기 중에 그렇게 나이트와 클럽을 문지방이 닳도록
드나들던 녀석이 있었다. 끝내 취업하지 못하고 치킨집을
운영하고 있는 그 녀석이 차라리 내 업무에 더 어울리는 게
아닐까.

녀석이 노는 동안 나는 성실하게 취업 준비를 했지만, 그 과
정에서 내가 기울여야 했던 대부분의 노력은 지금의 나의 업
무와 거의 관계가 없는 것 같다. 업무와 무관한 전공과 교양
과목을 최소 A0 이상의 학점으로 이수해야 했다. 어디에 내
놓아도 부끄럽지 않은 토익 점수를 받아야 했다. 대기업에서
열정페이를 받으며 대학생 홍보단, 대학생 자원봉사단, 대학
생 서포터 따위를 해야 했다. 각종 자격증은 옵션.

접대와 회식이 주 업무인 요즘 내게 절실한 것은 아부할 능력과 높은 주량, 탬버린 스킬. 이것들은 나보다는 차라리 나이트에서 여자를 꼬시고 다니던 그 녀석이 훨씬 더 열심히 연마해오던 것들이다. 상사와 거래처 사람들에게 낯간지러운 아부를 아무렇지도 않게 해낼 수 있는 담대한 마음과, 소주와 맥주와 폭탄주의 공습에도 굳세게 버텨줄 수 있는 튼튼한 간과, 누가 어떤 노래를 불러도 분위기를 록 페스티벌 못지 않게 띄워줄 수 있는 현란한 탬버린 스킬. 그 세 가지만 있다면 나는 무적의 사축이 될 수 있을 텐데.

잘 노는 것도 복이다!

말하지 않아도 알아요

오랜만에 만난 친구들. 다들 용케도 취업을 했다.
그러지 않으려고 하는데 자꾸만 녀석들의 머리 위로
예상되는 연봉이 보인다.
쟤는 3600, 쟤는 2800, 쟤는 3200.
다들 어디 다니는지 아니까, 얼마 버는지도 뻔하다.
나도 거기에 원서를 써봤거든.
녀석들도 내가 얼마 버는지 말하지 않아도 대충 알 것이다.
보통 많이 버는 놈의 하루는 덜 버는 놈의 하루보다
고될지도 모르지만.

'어떻게 버는가'는 '얼마를 버는가'보다 추상적이니까 내 눈에
는 자꾸 녀석들의 연봉이 보인다.
제일 많이 버는 놈이 자기도 그걸 아는지 술값 계산을 한다.
제일 조금 버는 놈이 자기도 그걸 아는지 잠자코 있는다.

우리는 그냥 친구들, 저마다의 삶의 빡셈에 대해 이야기하고
있지만 누구는 이상하게 의기양양하고
누구는 이상하게 위축된다.

공항에서

엄마, 저예요.

오랜만에 부산 와서 생각나서 전화했어요.

아뇨, 그냥 출장.

저도 그러고 싶은데 일 끝나면 바로 올라가야 해요.

저녁 비행기요. 밥은 서울 가서 먹을게요.

안 된다니까요. 서울에서 바로 또 누구 만나야 해서 그래요.

요새 주말에도 일이 좀 있어서.

이번 프로젝트 끝나면 시간 한번 내서 내려올게요.

네, 엄마. 미안해요.

엄마도 감기 조심하구요.

노안도 경쟁력

그러니까 입사 일 년 만에 후배가 하나 들어왔거든요.
저랑 동갑이거든요.
그런데 이 녀석,
성장 과정 중에 무슨 일이 있었던 건지
본인 말로는 호주 워킹홀리데이에 가서 고생을 많이했다나
얼핏 봐도 우리 과장님보다 형님으로 보이고
아니 어쩌면 우리 차장님 중학교 동창이라 해도 믿을 것 같아요.
스테이플러 하나를 빌리려 해도 조심스럽고
업무 지시를 할 때는 죄책감마저 들어요.
녀석이 사고를 쳐서 갈궈야 할 일이 생겼을 때에도
어쩐지 그럴 용기가 생기지 않아 꾹 참아야 했어요.

문제는 저만 그렇게 생각하고 있는 것이 아니란 겁니다.
대리님도, 과장님도 여전히 막내에게 시킬 심부름이 있으면
저를 부른다는 말입니다.

"과장님, 이제 창식이가 막내니까 비품 심부름은 창식이에게…."
"아, 그렇지. 허허, 자꾸 잊어버린단 말야.
자네가 어려 보여서 그래!"

물론 녀석의 M 자 탈모나 칙칙한 피부가
부럽다는 말은 아닙니다만, 이건 뭔가 잘못되었어요.
그래요. 뭔가 잘못되었어요.

너 정말 관록있어 보여

중간계 사축:

사수의 숙명

"죄송합니다."
하나도 죄송하지 않지만,
사실은 저 새끼가 죄송해야 하는 거지만
사과는 언제라도 주저 없이 능숙하게 해야 하는 것이
바로 사수의 숙명.

여기서는
죄송할 때 죄송한 게 아니라
죄송해야 할 때 죄송한 것이다.

이런 내 맘… 넌 알까?
알면 제발 아무것도 하지 마, 새끼야.
모르면 좀 물어보고.

팀장님, 사랑합니다

올해 하반기 PI 인센티브가 제 예상보다 적게 산정되었지만 괜찮습니다. 그것이 제가 따낸 프로젝트가 팀장님이 따낸 것으로 기록되었기 때문이란 걸 알지만 괜찮습니다. 팀장님은 딸이 둘이나 있으시고, 외벌이를 하고 계시기에 제 입 하나 벌어 먹이면 그만인 저와는 사정이 다르다는 점 충분히 이해합니다. 물론 이번 건이 어그러졌다면 제 책임이었겠지만 그 또한 괜찮습니다. 왜냐하면 이런 부당함을 실장님께 고해바쳐봤자 실장님과 팀장님이 함께 일한 십 수년 시간의 끈끈함이란 입사 3년 반 된 대리가 주장하는 부당함 같은 것으로 결코 깨지거나 금이 가는 성질의 것이 아니라는 것을 잘 알고 있기 때문이지요.

팀장님을 보면서 참 많이 배웁니다. 회사에 오래 남아 연봉을 사수하고 인센티브를 가로채며 살아남기 위해서 비열해진다는 것은 절대 부끄러운 것이 아니라는 것을 배웁니다.

그게 싫다면 언제든 회사를 나가서도 살아남을 수 있는 자질을 미리 갖추고 있어야 한다는 사실도 깨달았습니다. 이 모든 일들이 부하직원이자 후배인 제게 하나라도 더 가르쳐주고 싶은 팀장님의 사랑이라는 것, 저는 잘 알고 있습니다.

팀장님을 믿습니다. 누구보다 우리 회사에 오래 남아서 회사 내의 공고한 권력으로 자리하고 계시리라는 것을 믿습니다. 그러한 믿음은 오늘도 치밀어오르는 저의 짜증과 빡침을 가까스로 누를 수 있게 해주는 힘이 됩니다.

팀장님, 사랑하는 팀장님. 그렇게 오래오래 행복하게 사십시오. 분명 그러실 겁니다. 욕 먹으면 오래 산다지요, 제가 오늘도 팀장님의 수명을 꾸준히 늘려드리고 있으니 말입니다.
아주 그냥 불로장생을 하실 겁니다. 암요!

비타민 그녀

"진경 씨, 뭐야? 울어?"

신입 진경 씨의 환영회를 겸한 회식 자리. 갑자기 그녀가 닭똥 같은 눈물을 흘린다.

"낙지가 불쌍해요. 이잉."

아, 그러니까 자기 환영회 때, 그다지 권하지도 않은 술을 잔마다 원샷으로 비우다가, 갑자기 닭똥 같은 눈물을 흘리는 이유가 연포탕에 들어간 낙지가 불쌍해서라고? 그렇다기엔 너무 잘 먹고 있는 것 같은데?

"허허, 진경 씨가 아주 귀여운 면이 있구만. 아주 사무실에 비타민이 되겠어! 비타민!"

그때까진 부장님도 그녀를 귀여워했다. 그녀가 부장님의 곁에 가 앉기 전까진.

"어? 부장님 아이폰6네요! 이거 셀카 진짜 이쁘게 나오는데에~ 저랑 셀카 찍어요!"

휴대폰을 집어든 그녀의 손이 미끄러지고, 부장님의 새 휴대
폰은 연포탕 국물에서 반신욕을 시작했다. 모두가 당황한 가
운데 그녀가 다시 울기 시작했다.
"부장님 죄송해요! 흐엉 진짜 죄송해요~."
잠시 뒤 사라진 그녀는 자리를 파할 무렵 가게 화장실 변기
에 앉은 채로 발견되었다.
그것이 우리가 본 그녀의 마지막 모습

인 줄 알았는데, 다음 날 그녀는 우리 사무실의 비타민답게
"선배님 굿모닝! 어제 제가 너무 취했죠~ 제가 술이 약해서,
호호. 실수한 거 없었죠? 있었어도 이쁘게 봐주세요~"라며
비타민 음료를 건넸다.
이번 기수 신입사원들이 그렇게 쟁쟁하다더니,
어떤 의미로는 그 말이 사실인 것 같기도 하다.

담배

"임 대리, 담배나 한 대 피우러 나가지."
과장님과 임 대리는 몇 시간에 한 번씩 담배를 피우러
옥상에 올라간다.
나도 잠깐이라도 바람도 쐬고 햇볕도 쬐고 싶은데
내가 담배 안 피우는 걸 다들 아니까 나갈 핑계가 없다.
잠깐잠깐 저렇게 허용되는 휴식이 부럽다.

담배를 피우면서 저들은 누구를 욕하려나.
혹시 내 욕이면 어쩌지.
나도 담배를 배워야 하나 싶다.

힘내라고 말하면 힘을 낼 수 있을까

"이제 뭐할 거냐?"

"글쎄요, 한 며칠 쉬다가… 또 해야죠. 자소서 쓰고,

영어 공부하고. 안 되면 시험이라도 보고…

걱정 마세요. 처음 겪는 일도 아닌데요 뭐."

"괜찮냐?"

"솔직히 안 괜찮죠. 그래도 많이 배웠어요. 감사했어요."

그는 힘없이 웃으며 꾸벅 인사를 했다.

녀석이 후배가 되길 바랐지만, 올해 인턴 중에는

아무도 정사원이 되지 못했다.

빈 책상이 오늘따라 더 쓸쓸하다.

이번엔 **진짜** 그만둘 거야

절대 못 그만둘 거야

동네 친구와 편의점 앞에서 맥주를 마시다가

"내가 진짜 이제는 못 참는다. 이번엔 진짜 그만둘 거야."
"내가 먼저 그만둘 거야. 두고 봐라."
"내가 먼저 그만둘걸? 나 지금 완전 확고해."
"나도 그래."
"그래, 뭐 입에 풀칠 못하겠냐."
"그렇지. 그나저나 너무 늦었다. 이제 들어가자."
"그래, 나도 내일 일찍 출근해야 돼."

다음에도 우린 아마 같은 얘길 할 거다.
지난번에도 그랬으니까.

우리의 모든 푸념은 그만두기 위함이 아니라
오히려 그만둘 수 없기 때문이다.

사축 소설 1

영업2부 표류기

PART
1

"아, 자식, 넌 면허도 안 따고 뭐했냐?"

드디어 후배가 들어온다고 해서 설레었는데 들어온 게 이윤재 저놈이라니. 저 녀석은 제대로 하는 일이 하나도 없는 데다가 운전면허도 없단다. 그래서 오늘도 내가 승합차 운전대를 잡고 있는 것이다. 안면도에서 서울로 돌아오는 서해안 고속도로는 지독히 막히고, 비는 오고, 등 뒤에서는 코고는 소리들만 들려온다. 워크숍인지, 아니면 원정 회식

인지 어제는 다들 많이도 마셨지. 당연히 나도.

　"죄송합니다."

　저 죄송하다는 말이 제일 듣기 싫다. 아무 도움도 안 되고 그저 모면하기 위한 저 말. 대꾸하기도 귀찮다. 나도 졸리다. 잠시 입을 닫고 있었더니 녀석도 잔다.

　나와 녀석이 앉은 맨 앞 줄 뒤에는 김덕남 부장과 황석조 차장이 곤히 잠들어 있다. 어제의 김 부장은 〈생활의 달인〉에 출연해도 좋을 것 같았다. 워크숍이라고 기분이 좋았는지 집에서 21년 된 양주를 가져와서—30년 된 건 차마 가져올 수 없었나보다—잔뜩 준비되어 있는 피티병 맥주에 폭탄주를 마는 기술은 신기에 가까웠다. 임원 승진이 임박했다고 하는데, 소문난 꼰대인 그가 여기까지 올라올 수 있었던 비결은 바로 그것이 아닐까 싶을 정도였다. 황 차장은 그런 부장의 오른팔을 자처하고 있다. 영혼의 절반 이상은 부장에게 바친 것처럼 부장의 일거수일투족에 불꽃 같은 리액션으로 화답한다. 부장이 폭탄주를 말며 물에 젖은 티슈를 던져 천장에 붙이면, 마치 방청객 아르바이트를 통솔하는 방송국 직원처럼 호응을 유도하는 역할이 바로 그의 몫이다. 어젯밤은 그들에게는 꽤 만족스러웠을 것이다.

그 뒤에는 이홍범 과장, 하헌재 대리, 김수진 대리가 나란히 앉았다. 이 과장은 속내를 알 수 없는 사람이다. 동료 뒷담화 한번 한 적이 없고, 워크숍에서 귀가하는 오늘 같은 날도 옷차림에 흐트러짐이 없다. 다만 여자를 좀 좋아해서 사내에서 몇 번의 염문을 뿌린 적이 있다고는 들었다. 서른 일곱이 되도록 결혼 얘기가 없는 것은 이와 무관하지 않을 것 같다. 하 대리와 김 대리가 같이 앉은 건 좀 우스운 일이다. 앉다보니 그렇게 된 것 같은데, 사실 두 사람은 사이가 별로 좋지 않다. 부장이 승진하면 아마 차장과 과장도 연쇄적으로 승진을 할 것이고, 그렇다면 과장 자리가 공석이 되는데,

이 자리를 둘 중에 한 사람이 채우게 될 것이고, 남은 한 명은 타 부서로 옮기거나 이직을 해야 할 판이다. 둘 중 누구도 상대를 상사로 모실 수 있을 것 같지가 않다. 내가 볼 땐 당연히 일 잘하고 꼼꼼한 김 대리인데, 하 대리도 무시할 수 없는 것이 그는 부장과 대학 동문으로, 제대로 라인을 타고 있기 때문이다. 김 부장 라인은 사실 김 대리가 아무리 일을 잘해도 여자라고 좀 무시하는 경향이 있다. 김 대리도 그것을 모를 리 없고, 감정이 좋을 리 없다. 어젯 밤의 노래 자랑에서도 둘의 대결은 불꽃이 튀었다.

맨 뒷자리에는 9개월 차 인턴인 윤지혜 씨가 남은 술, 안주와 함께 앉아 있다. 그녀는 영리하기는 한 것 같은데 그다지 성실한 편은 못 된다. 업무 중에도 일하는 시간보다 화장고치는 시간이 더 많은 것 같다. 공을 들이는 만큼 예쁘기는 하다. 김 부장은 어리고 예쁜 그녀를 우리 부서의 마스코트라며 추켜세운다. 그럴 때마다 김 대리의 눈빛이 묘하다. 어젯밤 노래자랑 우승의 영예는 하 대리와 김 대리의 불꽃튀는 대결에도 불구하고 윤지혜에게 돌아갔다.

어떻게 흘러갔는지 모를 하룻밤이 흐르고, 누구에게는 아쉽고 누구에게는 반가운 귀갓길. 그런데 너무 졸리다. 라디오를 틀어봐도 뒤에서 스테레오로 들리는 코고는 소리와 빗소리에 더 나른해진다.

잠깐 눈을 감았다 뜨니 나는 중앙선을 침범했고, 정면에는 덤프트럭 한 대가 경적을 울리고 있었다. 급하게 핸들을 꺾었고, 차는 빗길에 핑 돌다가 가드레일을 뚫었다. 가드레일 아래에는 시커먼 바다가 입을 쩍 벌리고 있었고, 차는 그 안으로 뛰어들었다. 차내는 아비규환이 되었고, 나는 이내 정신을 잃었다.

PART
2

"선배님! 선배님!"

세차게 뺨을 가격당하며 의식을 되찾았을 때 가장 먼저
본 것은 답답이 이윤재였다.

"…뭐야."

"선배님! 괜찮으세요?"

"뭐야, 어떻게 된 거야?"

그때 황 차장이 짜증스럽게 소리를 질렀다.

"너 이 새끼야, 운전을 어떻게 하는 거야?"

"아… 죄송합니다. 잠깐 존 것 같습니다. 다들 괜찮으십니까?"

"네, 다들 무사한 것 같습니다. 선배님."

멀리서 하 대리가 뛰어와 김 부장에게 말했다.

"부장님, 없습니다. 아무것도."

"뭐야? 아무것도 없어? 경비초소나 배 들어오는 데나 그런 거 아무것도?"

"폐그물이 좀 있긴 한데, 아무래도 사람은 없는 것 같네요."

"허허, 뭐 무인도라도 되는 거야?"

서해대교 아래로 떨어진 우리가 휩쓸려온 곳은 행담도 주변의 이름 모를 작은 섬이었다. 우리에게 남은 건 남은 라면 몇 개와 과자 몇 봉지가 들어 있는 배낭 하나. 마냥 바다

모닥불이 **타들어**간다

만 쳐다보고 있다가 잠시 해가 난 사이 남자 다섯, 여자 둘로 나뉘어져서 서로 보이지 않는 곳에서 두 시간 정도 옷을 벗어놓고 말렸다. 그동안 배는 한 척도 보이지 않았다. 핸드폰은 대부분 침수되었고, 그나마 작동하는 것들도 신호를 잡지 못해 무용지물이었다.

슬슬 해가 넘어가는 것이 보이고, 김 부장이 우리를 한자리에 모아 가지고 있는 물건들을 모두 꺼내라고 했다. 다행히 라이터는 네 개 정도가 모였고, 나머지는 지갑 속의 카드와 돈, 유에스비 같은 것들 뿐이었다. 우리는 김 부장의 지시하에 흩어져 불에 탈 만한 것들을 주워왔고, 라면과 과자 봉지들을 비워 여기저기 고인 빗물을 받았다. 여섯 봉지가 나왔다. 모닥불을 피우고 둘러 앉은 우리는 말이 없었다. 나는 월요일 오전까지 거래처에 전송해야 할 서류가 걱정되었고, 배도 좀 고팠지만 이 모든 일의 원흉이 나라는 생각에 아무런 말도 할 수 없었다.

말도 안되는 표류의 시작이었다.

그런데 어쩐 일인지 이 과장과 윤지혜는 보이질 않았다.

PART
3

날이 밝았지만 섬을 빠져나갈 뾰족한 수는 아무도 생각해내지 못했다. 김 부장이 회의를 하자고 해서 우리는 또다시 둥그렇게 모여 앉았다. 김 부장은 나무 그늘 아래의 평평한 바위에 앉았고 양옆은 황 차장과 하 대리가 지키고 있었다. 나머지는 모래에 주저앉았다.

"이럴 때일수록 필요한 게 규율과 단합이야. 누구 시계 차고 있는 사람?"

황 차장과 이 과장, 김 대리, 내가 손을 들었다.

"앞으로 누구든 저 네 사람이랑 항상 붙어다니도록 해. 그리고 우리는 네 시간에 한 번씩 모일 거야. 지금 우리가 먹을 수 있는 건 라면 열 개랑 과자 세 봉지고, 집에는 언제 갈 수 있을지 몰라. 음식은 내가 회의 때 나눠줄 거야."

아침 여덟시, 정오, 오후 네시, 오후 여덟시, 자정. 하루에 다섯 번씩 회의를 하기로 했다.

오후 네시, 김 부장은 처음으로 음식을 배식했다. 라면 두 개와 과자 한 봉지를 잘게 부숴서 한 주먹씩 나눠주었다.

여덟시까지는 흩어져서 뭐든 쓸 만한 물건을 모으기도 하고 그늘에 누워 잠을 자기도 했다. 매끼 이런 식으로 먹는다면 체력을 아껴야 할 것 같았다. 단잠을 자고 있는데 이윤재가 나를 깨웠다.

"선배님, 저 좀 도와주세요."

녀석은 나뭇가지를 엮어 그늘을 만들고 있었다.

"촘촘히 엮으면 비도 막을 수 있을 겁니다."

"너 어떻게 이런 걸 할 줄 아는 거야?"

"제가 시골 출신이라 어려서 이러고 놀았어요. 아부지는
농사지으시고."

지붕을 엮고 마른 잎들을 모아 세 명 정도 잠을 잘 수 있
는 공간을 만들었을 무렵 여덟시가 되었다. 김 부장과 황 차
장과 하 대리는 계속 아까 모였던 그 자리에 앉아 있었던 것
같고 나와 이윤재가 그다음 도착했고, 이어서 김수진 대리
가 도착했고, 마지막으로 이 과장과 윤지혜가 도착했다. 네
시 회의 때와 비슷한 양의 음식을 배식받아 먹은 뒤 나와 이
윤재가 우리가 만든 잠자리로 모두를 데려갔다.

"딱 세 명 정도 누울 수 있을 것 같은데, 오늘은 여자분들
이 여기서 주무시면 어떨까요?"

이윤재의 말에 황 차장이 갑자기 짜증을 냈다.

"어이, 여기 부장님 계시잖아. 부장님 연세도 있으시고, 젊은 사원들이 부장님 모실 생각을 먼저 해야지. 요즘 세상에 레이디퍼스트가 어디 있나? 응? 안 그래, 김 대리?"

"⋯."

김 대리의 표정이 좋지 않다.

"왜? 꼭 여기서 자야겠어, 김 대리?"

"⋯아니요, 부장님이랑 차장님 여기 주무시죠."

김 부장은 형식적으로 두어 번 만류하더니 결국 황 차장과 함께 거기서 잤다. 원래는 이 과장도 함께 누웠지만 그는 이내 일어나 자리를 하 대리에게 양보하고 윤지혜를 데리고 섬을 좀 더 돌아보겠다고 했다. 빛이라고는 여기 있는 모닥불과 희미한 달빛 뿐인데 무엇을 살펴보겠다고 하는 건지 이해가 되지 않았다. 이윤재는 또 잠자리를 만들어보겠다고 낑낑대고 있었고, 김수진 대리가 내게 그것을 거들자고 했다.

지붕을 좀 엮다가 나와 김 대리는 잠시 얘기를 나눴다.

"김 대리님, 이해하십쇼. 황 차장님 과잉 충성이야 하루 이틀 일도 아니잖아요."

"아니, 그 자리에 내가 안 자는 건 괜찮은데. 지금 집에 못 가는 게 제일 걱정이지만, 왜 이 상황에서까지 회사에서 받는 스트레스를 똑같이 받아야 하는지 모르겠어. 회사에서나 부장이지 왜 여기서도 부장질이야?"

"그러게요, 퇴근이 없네요. 우리."

이내 김 대리는 말이 없어졌다. 나도 잠시 눈을 붙였고, 다시 아침이 밝았다. 일요일이 이렇게 가버렸다.

PART
4

월요일 아침 여덟시. 지하철에서 내려 회사 엘리베이터에
오를 시간이지만 우리는 말도 안 되는 섬에 모여 있다. 이렇
게 출근을 하고 싶었던 월요일이 있었나 싶다. 회의 때 이윤
재가 무언가를 내밀었다.

"이게 뭐야?"

"갖고 계시던 카드들을 좀 갈아봤습니다. 나름대로 꽤 날
카로워서 요긴하게 쓸 수 있을 것 같습니다."

플라스틱 카드가 인원수대로 예리하게 갈려 있었다. 보

통 정성이 아니고서는 이렇게 잘 갈려 있기가 어려울 것 같
았다. 카드를 칼로 쓰려니 한도가 나보다 열 배는 많을 부장
의 카드나 내 카드나 매한가지라는 생각이 들어 조금 우스
웠다.

"그리고 이거 받으시죠. 라면으로 버티는 데도 한계가 있
을 텐데 이걸로 고기를 잡건 나무를 털건 해봐야 할 것 같습
니다."

굵은 나뭇가지들의 끝을 예리하게 쪼개놓은 작대기들
이었다. 모두가 이윤재를 칭찬했다. 항상 얼빠진 놈이라
고 나무랐는데 오늘은 녀석이 그렇게 든든해 보일 수 없
었다. 다시 라면 부스러기를 배급받아 먹고 있는데, 김 대
리가 물었다.

"차장님, 지금 라면 얼마나 남아 있습니까?"

"응? 뭐… 왜?"

"진짜로 이렇게 먹고 우리 얼마 못 버팁니다. 좀 늘렸으

면 좋겠습니다."

"이 사람아, 지금 라면 두 개밖에 안 남았어."

"네? 두 개요? 왜요?"

"응? 뭐가?"

"우리 지금 두 개씩 세 끼째 먹고 있는데, 네 개 남아 있어야 하는 것 아닙니까?"

"아… 부장님 너무 힘들어하시고, 나도 당이 떨어져서 못 움직이겠더라고. 우리가 조금 먹었어."

"어떻게 상의도 없이 그러실 수가 있어요? 우리한테는 아끼라고 하고 두분만 그렇게 드시면 됩니까?"

"아니 미안한데, 그렇다고 김 대리, 자네는 상사고 뭐고 없나? 이 과장, 이거 어떻게 된 상황이야?"

그때 나는 이 과장의 입에서 사과가 나올 줄 알았는데, 이 과장은 뜻밖의 대답을 했다.

"아니 씨발, 여기가 사무실입니까? 부장 차장 입만 입이고, 우리는 뭐 굶어도 된다는 거야? 보자보자 하니까 더러워

161

서, 당신들은 그늘에서 쉬면서 라면이나 몰래 까먹고. 지금 막내사원 하는 거 보라고! 뭐라도 해보려고 하는데, 당신들 부끄럽지도 않아? 응? 에이 씨발! 회사에선 공도 가로채고 인센티브도 가로채더니 여기선 먹는 것까지 가로채? 지 버릇 개 못 준다더니, 이 새끼들!"

모두가 놀라 잠시 멍하니 있는데 김 부장이 말을 꺼냈다.

"이홍범이! 너 미쳤어? 너 여기서 나가면 나랑 일 안 할 거야? 감히 그따위…."

"왜요? 이 과장님이 틀린 얘기했어요? 지금 두 분이랑 하 대리까지 뭐 하나 도움된 게 있어요? 회사에서 부장이면 아무 데서나 다 부장이에요? 차라리 윤재 씨가 이끄는 게 나을 것 같은데요? 윤재 씨, 자기가 여기서 나갈 때까지 리더해. 지금 우리가 의지할 만한 사람이 자기밖에 없어."

김 대리는 아예 새로운 리더로 이윤재를 떠밀기 시작했다. 이어 하 대리가 부장과 차장의 역성을 들기 시작했고, 이윤재까지 소심하게나마 서운했던 점들을 하나하나 말하기 시작하며 분위기는 아수라장이 되었다. 심한 욕과 인신공격, 그리고 회사에서 서로에게 쌓였던 분노까지 털어내고 있었다. 나는 내가 이 모든 일의 원흉이라는 생각 때문에 아무 말도 할 수 없었고, 인턴 윤지혜도 끼어들 수 있는 상황이 아니었다.

"선배님, 저기."

윤지혜가 나를 툭툭 쳤다. 그녀가 가리키는 쪽을 바라보니 멀리서 배가 한 척 들어오고 있었다. 해양경비대였다. 배가 한참을 가까워올 동안 그들의 싸움은 멈추지 않았다.

PART
5

영업1팀과 함께 일한 지도 세 달이 넘었다. 이제는 적응이 되어 새로운 구성원들이 낯설지 않게 되었다. 지난 사고 이 후 많은 인원이 퇴사를 하며 1, 2부로 나뉘어 있었던 영업부 가 영업1팀을 중심으로 통합되었다. 인원이 충원되기까지 는 당분간 이렇게 운영이 될 거라고 한다. 김 부장은 영업 2팀의 와해에 대한 책임을 지고 퇴직을 했고 지금은 고깃집 을 하려고 가게를 알아보고 다닌다고 한다. 김 부장이 회사 를 떠나자 황 차장과 하 대리의 사이도 조금 서먹해진 것 같다. 영업부에서 둘의 존재감은 다소 미미한 편이다. 나는 지난번 사고의 책임으로 시말서를 쓰고 감봉 조치를 받았다.

　퇴근을 하고 회사 앞 맥줏집에서 오랜만에 동료들을 만났다. 금요일이라 북적북적한 가운데 김 대리와 이 과장, 이윤재가 한자리에 모였다.
　"김 대리님, 축하드려요."
　"축하는 무슨. 요즘 사업이 쉽나. 나 망하면 술도 사주고 밥도 좀 사주고 그래."
　"아니 김 대리, 자네는 뭐하러 그때 그렇게 나섰나? 나야 뭐 어차피 나갈 사람이니까 그냥 한번 들이받은거지, 으이그."
　"아니에요, 그놈들 꼴 그만 보고 싶었는데 차라리 잘됐죠. 그리고 사실 옛날부터 해보고 싶었어요. 남의 돈 말고 내 돈 벌어보고 싶었어요. 윤재 씨는 어떻게, 지낼 만해?"
　"어휴, 노량진에 맨날 짱박혀 있는데, 좋을 리가 있나요."

"그래도 가끔씩 머리도 식히고 그래야지. 우리가 고시생 맥주 사줄 돈은 있어."

이 과장은 사실 경쟁사로 이직이 결정되어 있었다고 한다. 하기야, 그렇지 않고서는 그렇게 부장과 차장을 들이받을 리가 없다. 김 대리는 퇴직금으로 예전부터 해보고 싶었던 의류 쇼핑몰을 시작했다. 의류학을 전공한 친구와 둘이서 눈코 뜰 새 없이 바쁘게 움직이고 있다고 한다. 이윤재는 노량진으로 들어가 공무원 시험 준비를 시작했다. 그때 낯익은 얼굴이 하나 더 등장했다.

"오랜만이에요, 선배님들!"
"어? 지혜 씨? 여기 어떻게 왔어?"
인턴을 그만둔 윤지혜가 모습을 드러낸 것이다. 그녀는 이 과장의 옆에 앉았고, 이 과장은 한 손을 그녀의 어깨 위에 얹으며 말했다.

"어… 사실은….”

"뭐예요? 그쵸? 둘이 뭐 있죠? 사귀죠?"

"아니 그게 아니라… 우리 결혼해.”

이 과장은 청첩장을 내밀었다. 둘이 심상치 않다고 생각
은 했는데, 이미 몇 달 전부터 연인이었다고 한다.

"이야, 이 과장님 도둑놈이네 도둑놈!"

"에이, 도둑놈이라니! 진짜 도둑놈들은 따로 있잖아? 그
놈들? 다들 잘 있나?"

"잘 있을리가요. 김 부장 나가고부터 둘은 그냥 조용히
찌그러져 있죠. 사실 저도 그렇구요."

우리는 밤이 새도록 술을 마셨다. 다음 날 생각해보니 이
과장과 김 대리에게 형, 누나라고 부르기로 했던 것 같은데.
민망해졌다. 술을 많이 먹은 다음 날엔 항상 이런 민망한 기
억들이 있다. 그 와중에 어렴풋이 이 과장이 했던 말이 생각

났다.

　"야, 우리가 말야 그 섬에서 나왔다곤 해도, 아직도 우리
는 계속 표류하고 있는 중인지도 몰라. 더럽고 거지같아도
우리는 결국 회사에서 못 벗어나. 생각해봐. 회사에 들어가
고 싶어서 들어간 것 같지? 아니야. 그냥 다들 가니까 들어
간 거야. 그냥 바닷물에 쓸려서 우리가 그 섬에 간 것처럼.
그리고 거기서 우린 못 나와. 나는 그냥 또 다른 섬에 간 거
고. 김 대리는, 아니 수진이는 그냥 또 하나의 섬을 만든 거
고. 회사생활이 그냥 표류야, 표류!"

사축 소설 2

시간을달리는
신입사원

PART
1

이 이야기를 어떻게 하는 것이 그나마 현실적으로 들릴 수 있을까요. 오늘은—어디부터 어디까지 오늘이라고 해야 할지는 잘 모르겠지만—아주 특별한 날이었어요. 그런데 또 어떻게 생각하면 구태의연하기도 합니다. 왜냐하면 이건 영화나 소설에서 흔히 들었지만 실제로 경험했다는 사람은 쉽게 만날 수 없는, 타임워프에 관한 이야기거든요.

모든 아침이 그랬듯 5분이 아쉬웠습니다. 알람을 5분 간

격으로 네 개나 맞춰두고 잠이 들었지만 또 5분이 더 필요했고 그렇게 세 번, 15분을 더 잔 겁니다. 샤워를 급하게 하던 중이었습니다. 샴푸 거품을 잔뜩 낸 채로 바닥에 떨어뜨린 샤워기를 줍다가 발이 미끄러졌습니다. 균형을 잃고 머리를 세면대에 부딪치려던 찰나, 전혀 다른 두 개의 필름을 이어 붙여놓은 바로 그 구간처럼 화면이 바뀌었습니다. 나는 다시 좁은 원룸 침대에 누워 있었고, 네번째 알람이 울리고 있었습니다. 이상했지만 뭐 어떡합니까. 나는 입사한 지 한 달 반밖에 안 된 신입이고 지각 안 하고 출근을 하는 게 제일 중요하니까. 이번엔 15분을 더 자지 않았고 여유롭게 샤워를 하고 출근을 했습니다. 출근하는 지하철에서 내내 생각을 해봤지만, 그냥 이상한 꿈을 꾼 것이라는 것 외에는 이 상황을 설명할 수 있는 방법이 없었습니다. 출근 준비하는 꿈을 꾸다가 깨서 출근 준비를 했구나, 하는 생각에 다소 불쾌했습니다.

사무실에 도착해서 가방을 살피는데 정신이 다시 아득

네번째 알람이 울린다…

해졌습니다. 오늘은 부장님, 팀장님과 함께 클라이언트 회사를 방문해야 하는 날인데, 예산안 파일이 담긴 유에스비를 집에 두고 온 겁니다. 집까지는 40분 정도가 걸립니다. 30분 후 부장님과 팀장님이 오실 거고, 오시는 대로 서둘러 충청도에 있는 거래처로 출발을 해야 하니 집에 다녀올 수도 없습니다. 의자 등받이에 기대어 눈을 감고 이것마저 꿈이었으면 좋겠다는 생각을 했습니다. 아까처럼 말입니다.

다시 눈을 떴을 때, 이번에는 진짜로 뭔가 정상적인 상황이 아니라는 것을 깨달았습니다. 나는 다시 침대에 누워 있고 또다시 알람이 울리고 있었습니다. 휴대폰을 보니 이번에도 네번째 알람이었습니다. 화장실에 앉아 다시 눈을 감고 이것이 꿈이었으면 좋겠다고 생각했습니다. 또다시 나는 침대에 있었고 네번째 알람은 울리고 있었습니다. 혹시나 하는 생각이 사실이었습니다. 나는 언제든 시간을 오늘 아침으로 돌릴 수 있게 된 것입니다. 이 능력을 어떻게 활용할 수 있을지 생각해보았습니다. 토요일이 오기를 기다렸다가 로또 번호를 외우고 다시 시간을 오늘 아침으로 되돌릴까. 그런데 이 능력을 내가 몇 번이나 사용할 수 있는지도 모르고, 언제까지 사용할 수 있는지도 모릅니다. 나는 그냥 오늘을 열심히 사는 수밖에 없습니다. 출근은 해야 합니다.

사실 회사생활 한 달 반 동안 업무도 손에 안 붙고 뭘해야 할지조차 몰라서 하루종일 눈치만 보다가 적당한 타이밍에 퇴근하기를 반복했습니다. 회사에 나가기가 겁이 납니다. 하루만, 단 한 번만 나도 스스로 뭔가 잘해냈다는 생각을 갖고 깔끔한 기분으로 퇴근하고 싶다는 생각을 했는데, 이 능력으로 오늘을 그런 하루로 만들 수 있지 않을까 생각이 들었습니다. 가슴이 뛰기 시작했습니다.

유에스비를 챙기고, 몇 번이나 다시 살피고 출근을 했습니다. 처음으로 일다운 일을 하나 했습니다. 사수인 조 대리님과 함께 예산을 짜고 집에서 서식을 다시 한 번 점검해서 만들어진 야심찬 예산안을 출력해서 봉투에 넣고 나니 조금 긴장이 됐습니다. 커피를 한잔 타 먹고 있으니 부서 사람들이 하나둘 출근을 했습니다. 부장님과 팀장님께 예산안을 보여드렸습니다. 한참을 살피다가, 과장님은 부장님의 눈치도 살피다가, 작게 끄덕이는 부장님의 고갯짓에 나도 팀장님도 조 대리님도 안도의 한숨을 내쉬었습니다. 이제 거래처로 출발합니다. 내가 운전을 하고, 부장님과 과장님이 뒷자리에서 말을 맞추며 두 시간을 이동해 거래처에 도착했습니다. 과장님이 프레젠테이션을 하고, 거래처 사람들이 웃었습니다. 부장님은 계약서에 사인을 했고 나는 그 광경을 열심히 지켜봤습니다. 오늘은 처음으로 칭찬을 받으며 하루를 마무리할 수 있을 것 같았습니다.

PART
2

"자네들 진짜 수고가 많았어! 최 팀장, 오늘 피티는 나라도 계약서에 도장을 찍고 싶겠더라고."

"아닙니다, 부장님. 저희한테 이번 일 맡겨주셔서 저희가 감사하죠. 이번에 조현철 대리랑 여기 정선욱 사원이 애를 많이 썼습니다."

"그렇지, 정선욱이 수고 많았어. 입사하자마자 큰일 맡아서 부담이 많이 됐을 텐데 말이야."

"아닙니다 부장님, 선배님들이 많이 도와주셨습니다."

거래처 근처 오리고깃집에서 나는 처음으로 '수고 많았다'는 말을 들었습니다. 가슴이 벅찼습니다. 그동안 신입으로서 받아야 했던 부담과 설움은 오늘을 위한 레슨이었을지도 모르겠다는 생각을 했습니다.

"아, 최 팀장. 사무실 들어가서 할 일 많이 있나?"

"아니요, 그동안 저희 팀원들 매일 야근하고 주말 출근을 해서, 오늘은 다들 정시에 퇴근하라고 지시했습니다."

"그럼 우리 일도 잘됐는데 반주나 한잔하지. 정선욱이도 한잔 받아."

"부장님, 저는 운전을 해야 해서."

"아, 운전은 내가 할게. 어머니가 얼마 전에 무슨 약을 보내주셔서. 나 지금 술 못 먹어. 자네들이 수고했으니까 내가 한잔 주고 싶어서 그래."

팀장님이 화장실에 간 동안 부장님은 내게서 차키를 받

아갔습니다. 부장님이 먼저 차에 오르고, 나는 잠시 어디에
탈까 고민을 했습니다. 그래도 신입사원이 상석인 뒷자리에
앉는 것은 조금 부담스러워서 조수석에 앉았습니다. 뒤이어
화장실에서 나온 팀장님이 뒷자리에 앉았습니다. 문제는 지
금부터 시작되었습니다.

부장님은 운전을 하며 기러기 아빠로 사는 고충에 대해
이야기하기 시작했습니다. 필리핀에 나가 있는 사모님과 아
이들이 보고 싶다며. 처음의 해방감은 얼마 가지 않았고 지
금은 외로운 마음 뿐이라며, 날더러는 그렇게 되지 말라고
당부하셨습니다. 처음으로 부장님의 진솔한 이야기를 듣게
되어 마음이 따뜻해졌는데, 그런데… 졸렸습니다. 어제까지
이번 일 때문에 며칠이나 제대로 잠을 자지 못했습니다. 게
다가 아침부터 심란한 일도 있었던 데다가 소주도 몇 잔 마
시니 졸음이 쏟아지는 겁니다. 어떻게든 잠을 참아보려고
애를 썼습니다. 부장님 모르게 허벅지도 꼬집다가, 혀도 깨
물어 보다가, 휴게소에서 박카스도 사 먹어보다가, 나도 모

르게 까무룩 잠이 들어버렸습니다.

차가 많이 막혔는지 서울 톨게이트에 진입했을 때 창 밖
은 깜깜해져 있었습니다.

"어휴, 차가 많이 막혔나보네요. 고생하시는데 졸아서 죄
송합니다, 부장님."

"허허, 정선욱이가 많이 피곤했던 모양이야. 어이, 최 팀
장. 애들 좀 살살 굴려."

"네?"

"최 팀장도 신입 시절 한번 생각해보라고. 쉬는 것도 업
무의 연장이고 업무 능률을 위해서라도 꼭 필요한 건데, 애
들을 얼마나 잡은 거야 도대체. 자네 신입이고 나 팀장일 땐
내가 자네 배려 많이 하고 그랬잖아? 허허, 그때 생각나네.
벌써 십년이 넘었어. 그때 자네 진짜 어리버리했는데 말야,
벌써 팀장도 달고! 허허허."

사무실에 돌아와 부장님을 배웅하고 팀장님과 둘이 남았을 때 팀장님이 제게 이야기를 건네기 시작했습니다.

"야, 정선욱."

"네?"

"내가 왜 너 땜에 부장님한테 그런 소릴 들어야 되냐? 어디 건방지게 신입이 부장님 옆에 딱 앉아서 졸아. 네가 그 상황에 조수석에 앉는 게 말이 돼? 그리고, 앉았으면 부장님 운전하시는데 덜 피곤하시게 말이라도 많이 붙여드리고 얘기도 들어드리고 그래야지, 졸고 있는게 말이 돼? 진짜 어처구니가 없네?"

"…죄송합니다."

"후… 됐다, 들어가봐."

완벽할 뻔했던 하루의 끝에 갑자기 날벼락. 도대체 그 상황에 나는 어떻게 했어야 하나 생각을 해봤습니다. 그래, 조수석에 앉지만 않았어도 욕은 안 먹었겠다 싶습니다. 돌아오는 지하철에서 다시 눈을 감고 오늘 하루가 꿈이었으면 좋겠다는 생각을 했습니다.

아침에 그랬던 것처럼 나는 시간을 되돌릴 수 있을까요?

PART
3

다시 눈을 떴을 때 나는 네번째 알람을 들을 수 있었습니다.
이제는 별로 당황스럽지 않습니다. 단 하나가 아쉬웠던 하
루. 이번에는 제대로 한번 만들어봐야겠다는 생각을 했습니
다. 최대한 아까와 똑같이 행동했습니다. 유에스비를 챙겨
부장님과 팀장님을 모시고 거래처에 가서 똑같은 프레젠테
이션을 보고 똑같은 자축을 했습니다. 다시 오리고기를 먹
고 술을 마셨습니다. 부장님이 차에 오르고, 나는 팀장님을
따라 화장실에 갔습니다. 볼일을 보며 팀장님께 말씀드렸습

니다.

"팀장님, 어디에 앉아서 가시겠습니까?"

"응? 난 뭐 별로 상관 없는데? 왜?"

"아… 사실 제가 이번 프로젝트 준비하느라 잠도 잘 못 자고, 혹시나 부장님 운전하시는데 옆에서 졸까봐서요."

"아, 그래 그럼 내가 조수석에 앉을게. 마침 부장님이랑 나눌 얘기도 있고."

팀장님은 반기는 눈치였습니다. 사실 팀장님은 부장님 눈치를 평소에 많이 보는 편입니다. 오늘처럼 분위기 좋은 날 부장님 옆에서 공치사도 좀 하고 점수를 따고 싶은 모양입니다. 앞에서 두 분이 즐거운 대화를 나누는 것을 듣다가 이내 편안하게 잠이 들었습니다. 이윽고 차가 사무실에 도착했습니다. 사무실 앞에서 마침 조현철 대리를 마주쳤습니다.

"부장님, 팀장님, 이제 들어오십니까."

"그래 조 대리, 자네 덕분에 일도 잘됐고. 수고했어."

"아닙니다, 부장님. 팀장님께서 많이 도와주셨습니다."

"허허, 최 팀장, 자네 팀 분위기 좋구만. 퇴근하는 길이었나?"

"네."

"그래, 다들 수고했고, 어이 정 사장님."

"네?"

"아니 오늘 오랜만에 사장님 수행하는 것 같고 재밌었어. 허허허! 잘 들어가! 고생했어!"

부장님과 팀장님을 배웅하고 조현철 대리와 둘이 남았습니다. 인사를 하고 집에 가려고 하는데 조 대리가 나를 불러 세웠습니다.

"정선욱이."

"네, 대리님."

"아니, 나도 아까 봤는데 네가 왜 뒷자리에서 내리냐…."

"아, 팀장님께서 그렇게 하라고 하셔서…."

"그래도 그렇지 좀 건방져 보이네."

"그랬나요…."

"뭐 괜한 얘기일 수 있는데, 신입 때는 무조건 겸손해야 돼, 겸손."

"네, 조심하겠습니다…."

"그래, 들어가봐."

이번에는 완벽했다고 생각했는데, 조 대리에게 그런 얘기를 듣고 나니 괜히 마음이 찝찝해졌습니다. 사실 부장님, 팀장님보다 더 자주 부대끼고 눈치를 봐야 할 사람은 조 대리인데, 괜히 그에게 잘못 보인 것 같아서 마음이 언짢았습니다. 집에 와서 샤워를 하고 잠자리에 누웠는데 아무래도 아쉬운 생각이 들었습니다. 시원하게 볼일을 보고 뒷처리를 제대로 못한 기분이 들었습니다. 그래, 공 들인 김에 한 번만 더 해보자. 다시 눈을 감았습니다.

PART
4

"그럼 우리 일도 잘됐는데 반주나 한잔하지. 정선욱이도 한잔 받아."

"부장님, 저는 운전을 해야 해서…."

"아, 운전은 내가 할게. 어머니가 얼마 전에 무슨 약을 보내주셔서. 나 지금 술 못 먹어. 자네들이 수고했으니까 내가 한잔 주고 싶어서 그래."

"그래도…."

"뭐해, 선욱 씨. 부장님이 주시는데 받지 않고."

"아닙니다. 운전은 제가 하겠습니다. 과장님께서 한잔하시죠."

조수석도 뒷자리도 아니라면 운전을 할 수밖에. 우겨서라도 그리해봐야겠다는 생각을 했습니다.

"이 친구, 왜 이렇게 고집을 부려?"

"아니야, 최 팀장. 요새는 술 강권하고 그러면 문제돼. 요즘 젊은 친구들은 자기 주장이 아주 확실하거든."

"부장님, 제가 한잔 받겠습니다."

"그럴 필요 없어. 그냥 밥이나 먹자고. 수고들 많았어."

밥을 먹으며 더이상 우리 사이에 대화는 오가지 않았습니다. 팀장님은 끊임없이 내게 불만의 눈빛을 보내왔고, 부장님도 언짢은 눈치였습니다. 이번 결정은 최악이었던 것 같습니다.

화장실 변기 뚜껑 위에 앉아 다시 눈을 감았습니다. 다시 네번째 알람이 들립니다. 알람을 끄고 생각에 잠겼습니다.

선택할 수 있는 모든 경우의 수를 선택했고 매 순간 최선을 다했던 하루라 자부합니다. 그런데 어떤 수를 써도, 심지어 이런 초능력을 동원해도 단지 욕 안 먹는, 기특한 신입사원이 되는 일은 불가능해 보이기만 합니다. 겨우 몇 마디 핀잔을 듣는 것이 무엇이 대수냐고, 그걸 참아내는 것도 다 사회생활이라고 스스로에게 이야기해보지만, 지금 당장 괜찮아도 이런 생활의 끝이 보이지 않는다는 사실 때문에 자신이 없어집니다. 매번 옳은 선택을 할 수는 없지만, 내가 선택한 것이 오답이라면 무엇이 정답이었지는 알 수 있었으면 좋겠습니다. 그러나 대부분의 경우 오늘처럼 정답은 '답 없음'. 언제까지 이렇게 답 없는 생활을 해나갈 수 있을까요? 나는 직장생활을 계속해나갈 수 있을까요? 아니, 사회생활을 할 수 있을까요?

내가 **뭘**해도 잘못이지?
그래, **태어나서** 미안하다

컴퓨터를 켜고 조현철 대리의 메일로 미팅에 필요한 파일을 전송했습니다. 그리고 메시지를 보냈습니다.

'죄송합니다. 건강상의 이유로 오늘 출근하지 못할 것 같습니다.'

휴대폰을 끄고 다시 침대에 누웠습니다. 잠을 마저 자야겠습니다. 내일 출근하면 분명 또 왕창 깨지겠지요. 오늘 했던 몇 개의 선택 중 이게 아마 최악의 결정이 될 것 같습니다. 그런데 이제 상관 없습니다. 오늘 출근을 해도 별로 다르지 않을 테니까요. 자신이 없습니다.
이제 정말 아무것도 모르겠습니다.

어느 밤,
사축 J의 일기

돌이켜보니 내 인생은 그럭저럭 순탄한 편이었다. 십대 시절 나는 그렇게 열심히 공부하던 애는 아니었다. 그럭저럭 공부하면 그럭저럭 점수가 나왔고, 그럭저럭 나온 점수로는 그럭저럭 봐줄 만한 대학에 갈 수 있었다. 그럭저럭 술을 먹고 놀다가 남들 군대 갈 때 군대 가고, 다녀와서는 남들 하는 취업준비들—이름도 기억 안 나는 공모전 몇 개와 그런게 있었나 싶은 자격증—에 매달렸다. 그럭저럭 괜찮은 이력서를 만들어 여기저기 뿌려댄 결과 다행스럽게도 딱 한곳에서 나를 합격시켰다. 아니, 불합격시키지 않았다. 딱히 동경하던 회사는 아니었고, 이력서를 넣은 대부분의 회사들이 그렇듯 그럭저럭 괜찮아 보이는 곳이어서 망설이지 않고 출근을 하게 되어 오늘까지 다니고 있다.

출근은 언제나 하기 싫지만 회사에 딱히 어떤 끔찍한 것이 있어서는 아니다. 못하면 갈구고 잘하면 당연하게 생각하는 조금 짜증나는 상사가 있고, 언제나 빡세고 귀찮게 수습 가능한 선에서 사고를 쳐주는 막내가 있고, 그들 사이에 그들을 조금씩 닮은 내가 있을 뿐이다. 퇴근은 언제나 간절하지만 그 이후에 딱히 어떤 대단한 것이 있는 것은 아니다. 집에 와서 텔레비전 예능 프로나 철 지난 영화를 보면서 잠이 들거나, 가끔 친구를 만나 당구를 치거나 맥주를 마실 뿐이다. 조금 지겹지만 그럭저럭 견딜 만하다. 월급도 그럭저럭 받잖아.

어제는 퇴근하고 서점에 가서 책을 둘러보다가 잠시 짜증이 났다. 꿈이 보였고 열정이 보였고 긍정이 보였다. 어린시절에 어른들이 꿈을 물을 때마다 큰 꿈을 지어내려고 애썼고, 면접장에서 열정을 연기하려 애썼던 나였다는 걸 아주 최근해야 인정할 수 있게 되었는데 이제는 지금의 삶을 온 힘을 다해 긍정하라니. 긍정하지 않는다고 부정하는 것은 아니다. 아주 냉정히 말해 나는 그럭저럭 살고 있고, 처음부터 그것은 나의 선택이었다. 서점의 책들은 마치 종종 푸념하고 투덜거리더라도 큰 문제 없이 살고자 한 내 선택에 무슨 잘못이라도 있다고 이야기하는 것 같았다.

티비에는 대성공을 거둔 사람들과 대실패를 거둔 사람들이 나온다. 드라마 주인공은 엄청나게 부자이거나 엄청나게 가난하다. 뉴스는 대단히 위대한 사람과 대단히 나쁜 놈들의 소식을 전한다. 내 주변은 죄다 나처럼 그럭저럭 살고 있는 사람들 뿐인데, 항상 우리에게 보여주는 건 그렇지 않은 사람들의 이야기. 나와 내 친구들 같은 사람이 세상의 대부분을 차지하고 있다는 걸 알면서도 항상 한편으로 변두리에 있는 기분이다.

'우리, 이렇게 살아도 되는 거냐?

잘은 모르겠지만 그래도 되니까 다들 그렇게 살고 있는 것 아닐까. 그리고 내게 그렇게 살기를 권장한 것 아닐까. 우리는 사축이 되었다. 때로는 사축(社畜)같고 때로는 사축(社祝) 같은 지금의 내 모습이 잘된 건지 잘되지 못한 건지 모르겠지만, 그럭저럭 지낼 만하니 앞으로 당분간은 긍정과 부정의 판단은 접어두련다.

오늘의 사축일기는 여기까지. 이제 난, 퇴근.

추천사

김남훈 (프로레슬러. 작가. 방송인)

먼저 이 남자와의 인연을 소개하는 것이 순서상 맞는 일이지 싶다. 내가 강백수를 처음 만난 것은 몇 해 전 어떤 강연장에서였다. 당시 2인조 밴드를 하고 있던 그는 기타와 앰프 등 각종 장비를 메고 들고 내 쪽으로 성큼성큼 걸어왔다. 순간 나는 같은 업계에 있는 '식구'인 줄 알았다. 그 정도로 수컷 냄새가 물씬 났다. 다소 과장된 몸짓과 능글능글한 웃음이 좋았다. 꽉 끼는 밝은 톤의 면바지는 상당히 부담스러웠지만 말이다. 강백수는 그때도 그랬다. 자신만의 스타일이 있었고 자신만의 노래가 있었다. 그는 자신만의 경험을 가감 없이 드러내며 청중의 마음을 사로잡는 장점을 갖고 있다. 미시적인 디테일을 살리면서 거시적인 맥락을 놓치지 않는다. 그래서 그의 노래를 듣다보면 킥킥대면서 웃다가 짠해지는, 엉덩이에 털나는 경험을 하게 된다.

그와 나는 방송도 함께했다. 내가 진행자로 프로그램을 기획할 때 머릿속에서 처음 떠오른 게스트가 바로 그였다. 방송은 기본적으로 모든 것이 실시간으로 이루어진다. 그런 상황에서도 그는 빛나는 재치와 배짱으로 청취자를 즐겁게 해주었다.

강백수는 장점이 많은 남자다. 아니, 장점보다 매력이 더 많은 남자다. 대체 이 남자가 특별하게 느껴지는 이유는 뭘까. 고대 그리스 철학자들이 우주의 구성요소를 몇 가지로 분류했던 것처럼 강백수의 조성을 감히 분석하자면 첫번째로 '허세'를 뽑을 수 있을 것 같다. 흔히 극단적인 자기 자랑과 함께 타인에 대한 모멸로 연결되는 흔한 허세가 아니라 일단 무독성 친환경 허세라고 할 수 있다. 그 허세는 강백수의 외피를 구성한다. 한때 중고등학생들 사이에서 크게 인기를 끌었던 노스페이스 패딩재킷처럼 한껏 부풀어오른 강백수의 허세는 본인을 눈에 띄게 만들고 더 커 보이게 만든다. 그런데 이것뿐만이 아니다. 일단 복어처럼 부풀어오른 다음 자신만의 콘텐츠를 만들어내면서 실제 자신과 패딩재킷 사이의 간극을 메꿔나간다.

그의 두번째 장점은 솔직함이다. 그는 자신이 꿈꾸는 것, 생각하는 것을 나타내고 이야기하는 것에 주저함이 없다. 종종 발칙함과 솔직함이 혼동되는데 다시 말하지만 그는 발칙한 것이 아니라 솔직하다. 청자의 입장을 생각하고 배려하되 자신이 전달하고자 하는 메시지가 훼손되는 것을 극히 두려워한다. 그의 노래 가사에서는 그런 고뇌가 느껴진다. 몇 번이나 다시 고쳐 썼을까.

세번째는 성실함이다. 정말 많이 돌아다닌다. 홍대, 합정

이곳저곳을 왕래하다보면 그와 조우할 때가 많다. 분명 인근에서 공연이 있었던 것 같은데 SNS를 보면 강연 준비를 하고 있고, 어느새 작업실에서 맥주 한 캔과 함께 원고 작업을 하고 있다. 40년 넘게 살면서 재능을 가진 사람들을 많이 봤다. 너무 눈이 부셔서 가까이 가면 타버릴 것 같은 사람들도 많이 봤다. 하지만 대부분은 그 빛나는 재능을 너무 믿은 나머지 일찍 사라져갔다. 성실함을 갖추지 못했기 때문이다. 강백수는 그런 면에서 환한 빛을 내면서도 에너지 효율이 좋은 저전력 에너지 시스템을 닮았다. 이렇게 멋진 남자 강백수가 단행본을 준비하고 있다는 이야기를 들었을 때 쾌재를 불렀다. 멋진 글, 맛있는 글이 가득한 종이책을 손으로 넘기는 것은 프로레슬링에서 쓰리카운트로 승리를 거뒀을 때만큼 즐겁고 재미있는 일이며, 더군다나 작가가 내가 아는 사람, 나와 지근거리에 있는 사람이면 글을 입체적으로 읽을 수 있어서 더 즐겁기 때문이다.

그가 메일로 보내준 《사축일기》 원고는 역시나 내 예상을

뛰어넘는 재미가 있었다. 왜 공부를 한 것일까, 어째서 회사에 들어간 것일까, 아니, 왜 태어난 것일까. 낄낄대며 읽다가 고민하게 만드는 그의 노래 같은 글이었다. 특히 〈시간을 달리는 신입사원〉은 타임루프물의 형식을 취한 상태에서 조직사회 가장 말단의 고민을 웃기고 슬프게 잘 그려냈다. 매일 아침 눈을 뜨자마자 같은 곳으로 간다는 것은 대단한 일이다. 이런 생활 패턴을 보이는 생명체는 지구에서 오직 인간밖에 없다. 그런데 사축 즉, 정규직 노예의 삶도 부럽다고 되고 싶다는 사람들이 많아 엄청난 경쟁을 뚫고 입사해야만 한다.

아! 참! 강백수에게 '정규직 화이트컬러' 경험은 없는 걸로 알고 있다. 이 책을 쓰기 위해서 그는 직장생활을 하는 주변 지인들과 술을 마시며 자료 조사가 아닌 척 자연스럽게 농을 치고 이야기를 나눴을 것이다. 그 와중에 '예쁜 여자 회사원'에겐 조금 더 친절하게 굴며, 전화번호를 알려주면 카톡으로 자기 공연 입장권을 보내주겠다고 했을지도 모른다. 아까 말한 것처럼 작가가 '아는 사람'이라면 이런 페이지 밖의 상황을 상상하는 것도 꽤 재미있어진다.

글을 쓰다보니 《사축일기》에 대한 추천사인지 인간 강백수 추천사인지 헷갈린다. 중요한 것은 그는 매력이 많은 남자라는 것, 따라서 그의 책도 매력이 넘치니 한 권만 사지 말고 세 권 사서 한 권은 선물하고 한 권은 읽고 나머지는 소장용으로 보관하라는 것이다. 필자는 《사축일기》를 시작으로 그의 노래뿐만 아니라 그가 세상에 내놓는 모든 형태의 콘텐츠를 더욱 기대하게 되었다. 30대, 40대, 50대, 생물학적 연령대가 높아질수록 강백수는 더욱 완숙해지고 능글맞게 변할 것이다. 그런데 그때도 나에게 추천사를 달라고 할까?